菓子屋横丁月光荘

文鳥の宿

ほしおさなえ

角川春樹事務所

本文カット／丹地陽子
本文デザイン／五十嵐徹
（芦澤泰偉事務所）

目次

主な登場人物紹介

遠野守人（もりひと）
埼玉県川越市から池袋のY大学に通う大学院生。古民家「月光荘」の住みこみ管理人。父母を子どものころに亡くし、母方にあたる所沢・風間家から、父方の木更津・遠野家に引き取られて育つ。幼いときから家の声が聞こえる。

木谷先生
日本近代文学と地形の研究をしている、守人の指導教授。友人・島田の所有する古民家「月光荘」の一階を、父親が遺した膨大な地図コレクションを公開する場として改修することに尽力、守人を管理人に推薦した。

べんてんちゃん
木谷ゼミの学生、本名・松村果歩。川越生まれの川越育ち、実家は地元の松村菓子店。母・桃子、保育士の姉・果奈とともに地域活動を行う。

羅針盤（らしんばん）
かつて写真館だった喫茶店。店主の安藤万年（かずとし）は、むかし月光荘に住んでいた少女に羅針盤を贈られたことから、店名の由来とした。

豆の家（まめや）
珈琲豆の専門店。佐久間晃平がもと和菓子店を相続し、勤めていた会社を辞め、改修。デザイナーをしている恋人・藤村手鞠（てまり）と立ちあげた。

浮草（うきくさ）
守人も通う古書店。長年店主をしていた水上（みなかみ）は余命宣告を受け、バイトをしていた安西明里（あかり）、豊島（とよしま）つぐみのふたりに店を譲り、他界した。

菓子屋横丁月光荘

文鳥の宿

第一話

雛の家

1

松の内が明け、大学の授業もはじまった。

僕の住む川越の町も少しずつふだんの雰囲気に戻ってきている。日が落ちて人通りがなくなった一番街を歩いていると、建物たちからしずかな声が聞こえた。

僕にはなぜか家の声が聞こえる。物心ついたときからずっとそうだったから、幼いころはとくに疑問を感じなかった。あるとき自分以外のだれにも家の声が聞こえていないと気づき、以来ずっとまわりには内緒にしている。

以前は人とわかりあえない部分があるのは孤独なことだと感じていたが、いまは聞こえることが救いになった、と思っている。早くに両親を失い、馴染んだ家もなくなって、ずっとさびしさを抱えていた。縁あって菓子屋横丁近くの月光荘に住むことになり、はじめて訪れた月光荘から歌のようなものが聞こえたのだ。そのときなぜか、迎え入れられた、と感じた。

居場所、という言葉がある。孤独で不安で、自分の存在する意味がわからないとき、居場所がないと言う。自分の存在に対する不安を場所であらわす。不思議なことだ。だが、家という言葉は建物であると同時に家族も指す。場所はそこに属する人々を意味する。場所を失うことで人は孤独になる。

家というのは単なる建物ではなく、そこに住んでいた人々の記憶の積もる場所だ。家の声の正体がなにか考えるようになった僕は、はじめはそうした記憶が木霊のように響いているのかと思っていた。だが月光荘に住みはじめてから、そういうことではないのかもしれない、と感じるようになった。

月光荘の声ははじめは歌だけだった。かつての住人が口ずさんでいた歌を真似ていただけ。ところが、住みはじめて少し経つと、月光荘はしゃべるようになった。しかもこちらが語りかけると答えを返す。たどたどしいし、言いたいことが伝わらないことも多かったが、会話ができる。

それで、月光荘の声は家に残っていた住人の声ではなく、家自体が意識のようなものを持ち、自分で発しているものなのかもしれない、と思うようになった。語彙が少ないのは幼いからではなく、人が慣れない外国語を話すのと同じなんじゃないか、と思う。

月光荘にいると、月光荘の思っていること、感じていることが垣間見える。月光荘も僕のことをトモダチだと思ってくれているみたいで、以前は身体にまとわりついてどうしてもぬぐい去れなかったさびしさのようなものも薄らいできた。

だがほんとのところ、家の声とはなんなんだろう。

正月明けに月光荘から、家たちはみなお正月になるとどこかに出かけるのだ、と聞いた。ということは、どの家にも月光荘のように声を発する意識のようなものが住んでいて、それがときに出かけたりする、ということなのだろうか。

月光荘とは少しずつ気持ちが通じるようになってきたが、家の声とはなにかということになるとさっぱりで、知れば知るほど余計わからなくなってくるのだった。

「遠野先輩」

大学の廊下を歩いていると背後から声がして、ふりかえるとべんてんちゃんだった。

べんてんちゃんは僕と同じ木谷ゼミの後輩だが、川越生まれの川越育ち。熊野神社の近くの松村菓子店という古くからのお店の次女で、地元の事情にあかるく、川越に越して間もない僕はなにかとお世話になっている。

「二軒家の改修プロジェクト、そろそろ動きはじめるみたいですよ」

「え、もう？」

「母の話では、『町づくりの会』の若い人たちが中心になって、去年からプロジェクトを進めてたみたいなんです」

「そうなんだ」

二軒家とは、喜多院の先、仙波日枝神社の裏手の一画にある古い空き家だ。正月に散歩していたとき、偶然その敷地に子どもがはいりこもうとしているのを見かけた。月光荘で開催した切り紙のワークショップに来ていた悠くんという小学一年生の男の子だ。

悠くんの学校では、その空き家から不思議な声が聞こえるという噂があるらしい。オイテカナイデというその声を子どもたちは幽霊のものと思っているようで、悠くんはほんとうにそんな声が聞こえるのか試しに来たようだった。

家に近づくと、ほんとうにオイテカナイデという声がした。もっとも声は僕だけにしか聞こえず、幽霊ではなく家の声だと悟ったのだが。

それから悠くんと親しくなり、悠くんの家が母子家庭で、お母さんの綾乃さんが仕事で忙しいことも知った。悠くんといっしょにべんてんちゃんの家で晩ごはんをご馳走になったりもした。

二軒家のこともいろいろわかった。二軒家という名前だが、いまは一軒しかない。はじめはまったく同じ形の家が二軒ならんで建っていて、それで二軒家と呼ばれていた。だが十年ほど前に片方が焼失したのだ。

残った方の一軒はその後もずっと空き家だったが、べんてんちゃんによると、改修して昭和の暮らしを紹介する資料館にするという計画があるらしい。

「一番街にある観光案内所の人がまとめ役になって、まずは家のなかを片づけるんだそうです。家具を出して、掃除して……。そのあたりは専門家じゃなくてもできることなので、今月からボランティアを募ってはじめるみたいです」

べんてんちゃんがカバンからチラシを出す。見るともうこの週末から作業がはじまるみたいだった。

「母も綾乃さんも今週末に手伝いに行くそうで……。もちろんわたしも行きます。先輩、今週末はなにか予定ありますか？　男手がほしいって言われてるんですよ」

べんてんちゃんがにっこり笑う。

「いや、とくにない。僕でよければ手伝うよ」

二軒家のなかがどうなっているのか気になった。学年末だから課題もいろいろあるが、冬休み中にだいぶこなしたから、今週末はそこまであせらなくていいだろう。

「よかったあ」

「悠くんは？　来るのかな？」

「ええ。来るみたいですよ。二軒家のなかを見たいんですって。まだ幽霊の声のこと、あきらめてないのかな」

べんてんちゃんがくすっと笑った。

僕も少し笑った。あの声は悠くんたちが考えているような幽霊の声とはちょっとちがうんだけどな、と思う。

悠くんみたいな子どもなら信じてくれるかもしれないけれど、家の声のことを話すのは、子どもの心を利用して自分の心を満たすずるい行為だとも思う。だからやっぱり言わないでおこうと決めていた。

授業開始のチャイムが流れる。

「じゃあ、チラシ、渡しておきますね。集合時間とか、注意事項とか書いてあるので」

べんてんちゃんはそう言って、廊下を早足で歩いていった。

―― 2 ――

土曜日は朝九時に二軒家に向かった。べんてんちゃんとお母さんの桃子(ももこ)さん、綾乃さんと悠くんももう来ていた。チラシに汚れてもいい動きやすい服装と書かれていたので、みなトレーナーやジーンズ姿だ。

　まとめ役は観光案内所の柚原さんという女性だった。すらっとした美人で、まわりからはマドンナと呼ばれている。話してみると気さくな人で、冗談を言いながらボランティアにてきぱきと仕事を割りふっている。

　二軒家の焼失した片方が建っていた場所は、この前は空き地だった。だがいまはユニットハウスが建っている。一日二日あれば建てられるものらしい。

　僕たち、つまり桃子さん、べんてんちゃん、綾乃さん、悠くん、僕は一階奥の和室の整理を割りあてられた。改修工事をするために家具類はすべて庭に出し、となりのユニットハウスに格納する。

　開きっぱなしの玄関から二軒家のなかにはいる。家はしずかで、声は聞こえない。

「お兄ちゃん、なにぼんやりしてるの？」

　悠くんの声がした。

「ここにはね、幽霊なんていないよ。この前わかったんだ。ここにはそういう怖いものはいないって」

　悠くんはあっさり言った。幽霊の声のことはなかったことになったらしい。

「だって、見てみなよ。こんなにあかるくて、ふつうの家なんだよ。ここになにかいるといものだと思う」

やさしいもの。そうだな、ほんとにその通りだ。やっぱり子どもはすごいな、と思いながら悠くんの顔をじっと見た。

「だからさ、お兄ちゃんももうそんなにびくびくしなくていいんだよ」

「え、びくびく？」

驚いて訊きかえす。悠くんは僕がおびえていると思っていたのか。

「まさか。びくびくなんてしてないよ。ただ、なんかなつかしい感じがしただけ」

「ああ、そういうこと」

悠くんは、なんだ、という顔になった。

悠くんに怖がってなんかいないと言いたくて適当に答えたけれど、なつかしい、と言ったのはあながち嘘でもない。部屋のドアに使われている合板、ドアノブ、小窓に入れられた星の模様のはいった磨りガラスもなんだか妙になつかしい。

「たしかになつかしい感じがしますよね。こういう磨りガラスはもう作れるところがないんですって」

綾乃さんが言った。

「レトロなお店を作りたくて、こういうガラスをわざわざ古家からもらってくる人もいるみたいですよ。古い建具専門のアンティークショップもあるみたいです」

「そうなんだ。貴重品なんですね」

べんてんちゃんがまじまじと磨りガラスを見つめる。

「あ、すいません、案内遅れました。和室はこちらです」

あちこちまわっていた柚原さんがやってきて、ダイニングキッチンの横の戸を開ける。なかには八畳ほどの和室があった。部屋は片づいていたが、障子の向こうに細い廊下があり、その隅の一角が物置のような状態になっている。

「この部屋の棚はほとんど空になっているようです。そのまま展示に使うので、なかを確認してからユニットハウスに運んでください。廊下の細々したものは庭にある養生シートの上に運んでください」

柚原さんがメモを見ながら言う。

「あと、押入れのなかにはまだものが少し残っているみたいです。布団や衣類は処分する予定ですが、こちらもとりあえずすべて庭の養生シートに出してください。あとでこの家の持ち主の佐々木さんがいらして、いるものといらないものを分けますので」

そう言われて押入れを開けると、まだ布団や衣装ケースが詰まっていた。

柚原さんの話によると、以前ここに住んでいたのは和田さんという夫婦だった。佐々木さんからここを借りたのは一九六五年のこと。翌一九六六年、長男が誕生。その後次男が生まれ、一家四人で暮らしていた。

ふたりの息子は成長してやがて独立、和田さん夫婦はその後もここに住み続けていたが、二〇〇五年に夫の吾郎さんが他界。身体が弱っていた妻の志津さんは、長男の家の近くの介護施設にはいった。

長男は遠方に住んでいる上に忙しく、志津さんの引っ越しだけで精一杯で、費用を払うから家に残ったものはすべて処分してほしいと家主の佐々木さんに頼んだ。不用品回収業者に頼むつもりだったが、家は老朽化していたし、佐々木さん自身も高齢で、手入れして次の人に貸すだけの気力がなく、結局すべてそのままになってしまったらしい。

桃子さんたちと相談し、まずは廊下の細々したものをみんなで養生シートの上に運ぶことにした。和室の廊下はもともとは縁側だったのだろう。そこから庭に出ることができる。少し寒いが窓を開け放し、べんてんちゃんと悠くんは靴を持ってきた。

桃子さん、綾乃さん、僕が荷物を窓際まで運ぶ。べんてんちゃんと悠くんは外に出て、僕たちが窓際に置いたものを養生シートまで運ぶ、という段取りだ。

廊下の隅に積まれたものをひとつずつ運んでいく。埃がたまっているものも多く、ハタキをかけたり、雑巾で拭いたりしながらなので、思ったより時間がかかった。

人が長年住んでいると、わけのわからないものが増殖していく。ここにもそうした遺物たちが積みあがっていた。古いファンヒーターに掃除機。トースター、使い方のわからない健康器具にラジカセ。箱にはいったままの食器のセット。

「ああ、でもこの掃除機もトースターもラジカセも昭和っぽいわよねえ」

桃子さんが言った。

「そうですね。電化製品はけっこう形が変わりましたし。ラジカセなんてむかしはどの家にもあった気がしますけど……」

綾乃さんがうなずく。悠くんは古い機械がちょっとめずらしいようで、ラジカセの蓋を開けたり閉めたりしている。

「いまの子どもは、カセットなんて知らないですよ。DVDのレンタル屋さんもなくなっちゃったし、映画でもなんでもオンラインで見る人が多いですよね」

「昭和の暮らしを展示するんだったら、こういう電化製品もとっといた方がいいかもね」

綾乃さんと桃子さんはそんな話をしながらものを窓際まで運んでいく。

そのあいだに僕は押入れから布団や衣装ケースを出し、畳におろした。プラスチックの衣装ケースはほとんどが空だった。だが布団は、さっきの話だと最後は夫婦ふたりだけだったはずなのに、いったい何人住んでいたんだろう、と思うくらいたくさんあった。しかも羽毛布団ではなく、すべて重い、むかしながらの綿の布団だ。

「綿の布団。なつかしいわねえ」

桃子さんが布団を持ちあげながら言う。

「こういう重い布団じゃないとかけた気がしないって、うちの父や母なんかはいつもそう言ってたっけ」

むかしはここに人が住んでいたんだ。家族四人がここで暮らしていた。ここで寝起きし、食事をし、くつろぎ、子どもたちは遊び、勉強もしただろう。あのラジカセで音楽を聴き、トースターでパンも焼いたのだろう。

――ここになにかいるとしたら、幽霊みたいな怖いものじゃなくて、もっとやさしいっていうか……とにかく、いいものだと思う。

さっきの悠くんの言葉を思い出し、その通りだよ、とまた思った。

二軒家が両方空き家になって、ここにだれもいない日が続いたのち、もう一軒は火事で焼けた。その日まで家たちはふたりきりで、なにを話していたのだろうか。

アカリヲ　ツケマショ　ボンボリニ

そのときかすかに歌声が聞こえた。

家の声？

顔をあげ、あたりを見まわす。

あれは、雛祭り(ひなまつ)の歌だ。耳を澄ましてみるが、歌声はやんでしまった。見あげると僕がいま布団を出している押入れの上に天袋(てんぶくろ)があるのが見えた。

「桃子さん」

布団を運んでいる桃子さんに声をかける。

「あの天袋も開けるんですよね」

僕が言うと、桃子さんは押入れの上を見た。

「ああ、そうね、天袋にもなにかはいってるかも。あそこからものを出すのはけっこう大変そうだけど」

「大丈夫ですよ。僕がやります」

僕はダイニングキッチンから椅子(いす)を運んできて、その上に乗って天袋を開けた。薄暗い空間が広がっている。

アカリヲ　ツケマショ　ボンボリニ

そのときまたさっきの声が聞こえた。

「箱があります」

「箱？」

天袋のなかには風呂敷に包まれた大きな箱がいくつもあった。ひとつずつ引っ張り出し、下にいた桃子さんに手渡す。どれもそんなに重くない。

「なにかしらね」

桃子さんは箱を畳の上に置き、風呂敷を外した。出てきたのは段ボール箱ではなく和紙のような紙の貼られた化粧箱だった。

「お雛さまだわ、これ」

箱の蓋を見た桃子さんが言う。やっぱりそうか。なんとなくそういう予感はしていた。雛祭りの歌が聞こえたのは、この箱のことを知らせたかったからなのか。さらに奥にある風呂敷包みを引っ張り出しながらそう思った。

結局、風呂敷包みは全部で五個あった。中身は全部お雛さまだ。内裏雛とうしろに立てる屛風やぼんぼりのはいった箱。三人官女と五人囃子の箱、右大臣、左大臣、仕丁の箱、嫁入り道具と乗り物がはいった箱。それに組立式の雛壇と緋毛氈が包まれたもの。

「これは貴重品ですよね。柚原さんを呼んできます」

綾乃さんは柚原さんを探しに部屋を出て行く。

「なになに？」

外にいたべんてんちゃんと悠くんも靴を脱いでなかにあがってきた。

「うわあ、お雛さま。すごい立派」

べんてんちゃんが目を丸くした。

「むかしはこういう段飾りが流行ったのよねえ」

桃子さんが言った。どうやらべんてんちゃんの家のお雛さまはもっと小さくて、内裏雛と三人官女だけがガラスケースにはいったものらしい。

「これがあったらはなやかだよね、きっと」

べんてんちゃんが組立式の雛壇の段数を数えていたとき、綾乃さんが柚原さんを連れて戻ってきた。うしろにもうひとり、年配の男性がいる。

「ちょうどよかった。いまこの家の持ち主の佐々木さんが見えたんです」

柚原さんが男性を指して言った。

「佐々木です。このたびは、ありがとうございます。あ、あなたはこの前の……」

佐々木さんが桃子さんに言った。

「その節はありがとうございました。この家のことが気になって、参加させてもらうことにしたんです」

桃子さんが答える。そういえば、お正月、桃子さんは悠くんといっしょに二軒家に行ったときに持ち主と会ったと言っていた。

「それで、お雛さまがあった、って……」

佐々木さんが言った。

「はい。こちらです」

桃子さんが畳の上の箱を指す。

佐々木さんは畳に座り、内裏雛の箱のなかから女雛を取り出した。人形を包んでいた和紙を外す。きれいな着物が出てきた。顔はさらに小さな和紙に包まれて、紙縒りで結ばれている。ほどくと女雛があらわれた。

「うわあ、きれい」

「豪華ですねえ」

柚原さんとべんてんちゃんが声をあげる。

「かわいらしいお顔ね」

桃子さんがうっとりと見つめた。

僕はひとりっ子だったし、祖父母のところにも女の子がいたことがない。だから僕はお雛さまというものに馴染みがない。よその家で飾られているのは何度か見たことがあるが、そんなに関心がなかったし、人形の顔をじっくり見るなんてことはしたことがない。

それに人形というのは和洋問わずどれもなんとなく怖い。写実的になればなるほど、怖さが増す。それでなんとなく目を背けてしまっていたのかもしれない。

だから正直、雛人形の顔なんてどれも同じようなものだと思っていた。だが、桃子さんや綾乃さん、柚原さんは、この女雛の顔について「品がある」「頬がふっくらしてかわいらしい」「少し微笑んでいるよう」などと言っている。

そんなものなのか。僕も横からそっと人形の顔をのぞいてみた。

桃子さんの手のなかで、人形はちょうどまっすぐ僕を見ていた。色白の顔のなかの黒い目に吸いこまれそうになる。

きれいだ。それにとてもかわいらしい。

思っていたようなきつい表情ではなく、顔も細面ではなくふっくらした丸顔だ。目は筆で描かれたものなのにどこかを見つめているように生気があり、小さな口元はやさしく微笑んでいるように見えた。

「きれいな人形ですね。それに状態もよさそうだ」

佐々木さんが桃子さんから人形を受け取る。

「ほんとですね。これだけあるってことは本格的な段飾りですね」

柚原さんが言った。

「ええ、いま雛壇を数えてみたら七段飾りでした」

べんてんちゃんが答える。

「いちばん標準的な形ですね」

綾乃さんが言った。

「そうね、わたしが子どものころは七段飾りが主流だった。うちは小さめの五段飾りで、七段のお雛さまを持ってる子がちょっとうらやましかったのよね」

桃子さんがぼやく。

「うちは田舎だったから、大きな七段飾りでした。祖母が買ってくれたんです。でも毎回組み立てるのが大変で」

柚原さんが笑った。

「一年に一度しか出さないものでしょう？　だから、組み立て方とか忘れちゃってるし、女雛と男雛どっちが右でどっちが左、とか、細かい道具の置き方とか、人形の持ちものとか、いつもよくわからなくなっちゃって……」

「ああ、たしかにこれを一から組み立てるのは大変そう」

べんてんちゃんがうなずく。

「小さいころは良かったんですよ。組み立てるのも楽しいし、ちょっとしたイベントって感じで。でも、母もわたしも大雑把な性格だから、わたしが高校生くらいになるとだんだん面倒になっちゃって、出すのはいつも雛祭りギリギリ。で、なかなか片づけない。弟からは、姉さんはだから嫁き遅れたんだ、って言われてるんですよ」

嫁き遅れた、ということは、柚原さんは独身ということなのか。

「まあ、それはともかくとして……」

柚原さんはごまかすように笑った。

「ほかのも見てみましょうか」

佐々木さんがそう言って、ほかの箱の人形を取り出した。三人官女だ。桃子さんによると、手入れをしないでしまうと傷んだり虫に食われたりカビが生えたりすることもあるらしいが、どれもきれいな状態だった。

「あれ、でも、ひとつ足りない」

べんてんちゃんがつぶやく。たしかに、三人官女と五人囃子の箱には、人形が八体はいっているはずなのに七体しかなかった。

「三人官女がふたつしかないみたい」

人形にかぶさっている和紙をめくりながらべんてんちゃんが言った。

「ほんとね。ほかの箱にまぎれてるのかしら」

桃子さんがほかの箱を開けて見てみたが、どこにもなかった。

その三人官女のほかは人形はすべてそろっていたし、嫁入り道具や乗り物なども、主だったものはそろっているみたいだった。

「こういう大きな七段飾りはそれ自体昭和っぽい感じがしますよね。処分するのはもったいないし、ここに収蔵して雛祭りの時期に飾れたらいいけど……」

佐々木さんが腕組みする。

「そうですね、これだけ立派だったらきっとはなやかですよ」

柚原さんもうなずいた。

「でも、雛人形となれば思い入れがあるかもしれない。一度和田さんに訊いてみた方がよさそうですね」

「ああ、それはそうですね」

桃子さんが言った。

雛人形については確認するまではどうするか保留、ということになった。人形たちをもう一度ていねいに箱にしまい、ユニットハウスに運んだ。

翌日曜日は大掃除。ものがなくなった部屋のなかを徹底的に掃除した。佐々木さんは町づくりの会の人たちといっしょに家のあちこちを点検し、今後の改修計画を練っている。一日がかりで大掃除をすると、それだけで家のなかは見ちがえるようにきれいになった。最初は廃墟（はいきょ）同然だったのが嘘のようだ。

「そういえば、雛人形の件はどうなったんですか」

午後の休憩のとき、佐々木さんに訊いた。

「ああ、そのことも話そうと思ってたんですよ。実は、妙なことになってしまって……」

佐々木さんが言った。

「妙なこと？」

桃子さんが訊く。

「昨日の夜和田さんに連絡をとって、ほかのことといっしょに雛人形のことも訊いてみたんですが、知らない、って言われてしまったんですよ」

「知らない？」

「ええ。和田さんの長男は、うちには雛人形なんてなかった、って」

「なかった、ってどういうことですか？」

柚原さんが訊きかえした。

「和田さんの家は、長男次男のふたり兄弟で、女の子はいなかったらしいんです。だからそもそも雛人形なんて持ってなかった、って」

佐々木さんは、わけがわからない、という顔になる。

「じゃあ、あれはだれのものなんでしょう？　和田さんの前に住んでいた人とか？」

柚原さんが訊いた。

「いや、和田さんの前に住んでいたのは、僕たちですから」

「え？」

「この家は僕が子どものころに住んでいた家なんです。祖父がいたころに二軒建てて、焼失した方に祖父が、こちらに僕たち家族が住んでいた。僕はひとりっ子で、女の子はいない。だからうちにも雛人形なんてなかったんです」

佐々木さんの言葉にみんなで顔を見合わせる。

「父が転勤になって家をあけることになって、それで和田さん一家に貸すことになった。吾郎さんが亡くなったあとは空き家。つまりここにはうちと和田さんしか住んでいない」

「その両方とも女の子がいないってこと？」

　桃子さんが首をかしげる。

「ええ、そういうことになります」

　佐々木さんも納得がいかないという表情だ。

「もしかしたら……」

　べんてんちゃんが思いついたように言った。

「和田さんのお母さんが持ってきた人形ってことはないでしょうか。結婚したときに自分の家から持ってきた、とか。女の子が生まれたらそれを飾るつもりだったけど、生まれなかったからそのままになっていた、とか」

「ああ、なるほど。それだったら息子さんは目にしてないかもしれませんね」

　柚原さんがうなずく。

「そうですね。お母さんはいまは施設にいらっしゃるそうなので、わたしは長男の征也さんの話しか聞いてないんです」

「でも……」

　桃子さんがつぶやいた。

「そうだとすると、この人形はあたらしすぎないかしら」

「あたらしすぎる？」

「和田さんのお母さんはもうかなり高齢ですよね」

「ええ、そうですね、うちの親より少し若いですけど、戦前の生まれです」

「雛人形はたいていその子が生まれてすぐに買うか、もらうかするものですよね。もし和田さんのお母さんの人形だとしたら、戦前の人形ということになる。でもなんとなく、この人形はわたしの世代のもののような気がするんです。昭和中期くらい？　こういう七段飾りが流行っていましたし、顔立ちや造りもそこまでは古くない感じで……」

「そういえばそうですね」

佐々木さんも人形をじっと見る。

「わたし、この町にある人形のお店に知り合いがいるんです。その人に見てもらえば、いつごろの人形か見当がつくかもしれません」

桃子さんが言った。

「なるほど」

佐々木さんがうなずく。人形をすべて持ち運ぶのはたいへんなので、桃子さんが人形店に頼んで、来てもらうことになった。

3

べんてんちゃんの家、つまり松村菓子店は熊野神社の近くにあり、「昭和の町」とも呼ばれる中央通りに面している。中央通りは蔵造り（くらづくり）の町並みで有名な一番街に通じていて、一番街にはいる手前、仲町（なかまち）交差点のあたりには古くからの人形店がいくつか残っている。松村菓子店は雛菓子を作っていることもあり、そのうちのひとつ、矢島（やじま）人形店ととくにつきあいが深いらしい。矢島人形店の歴史は古く、江戸時代創業。当時から人形作りで有名だった鴻巣（こうのす）で修業した職人が興した店なのだそうだ。

人形店の人は平日の午前中しか都合がつかず、僕は立ち会うことができなかったが、桃子さんから話を聞いたところ、造りや材質からみて、昭和三十年代後半から四十年代初頭のものではないか、と言われたらしい。

佐々木さん一家がお父さんの転勤で二軒家を出たのは一九六四年、つまり昭和三十九年。和田さん一家が二軒家に住みはじめたのは一九六五年、つまり昭和四十年。

雛人形はこのころに作られたものだから、やはり和田さん一家のものである可能性が高い。和田さんの長男は一九六六年生まれだから、時期的には雛人形の製造年と同じくらいだが、男の子だ。雛人形は必要ない。

三人官女が二体しかないことについても訊いてみた。人形店によると、三人官女が五人だったり七人だったりしたことはあるようだが、ふたりというのは聞いたことがない、もともとは三体あったのが一体破損し、処分したのではないか、と言われたらしい。

三人官女の持ちものは決まっていて、真ん中は島台または三方、向かって右は長柄、左は提子。真ん中の官女だけ眉を剃り落とし、お歯黒をしているところから両脇の官女より年上だろうと言われているそうだ。

このうち、なくなったのは長柄を持った官女だった。人形をしまうときは道具は外して別に包む。だが、調べてみたところ、人形だけでなく持ちものの長柄も、人形をのせる台もそっくりなくなっていた。

佐々木さんはもう一度和田さんに連絡したようだが、次に母に会いに行くときに訊いてみます、でも、たぶんうちのものではないし、うちのものだったとしてももう使うことはないからそちらにおまかせします、と言われたみたいだ。

――もういらない、そちらにまかせると言われてしまいましたからね。雛人形がだれのものかは気になりますが、それ以上質問するのもおかしい気がしますし。

佐々木さんはそう言っていたらしい。

二軒家は改修後は昭和の暮らしを展示する資料館になる。雛人形は昭和三十年から四十年代の作なので、資料館の収蔵品にすると決めたのだそうだ。

——それがいいわよね、そうすれば雛祭りの時期に飾ることもできるわけだし。

桃子さんは少しうれしそうだった。

水曜日は授業のない日で、僕は月光荘にこもって期末のレポート作成に追われていた。近代文学の授業と、木谷先生の授業の課題。どちらも筋道は立ったのだが、文献を調べるのにけっこう手間がかかった。

昼食をとるのも忘れて、気づくと三時近かった。もう限界だ。頭が働かなくなっているのがわかる。お腹（なか）も空（す）いているし、外に出て遅い昼を食べて休憩しよう。

微妙な時間だったので、大正浪漫夢通（たいしょうろまんゆめどお）りにある「kura」というカフェに行くことにした。蔵を改装して作ったカフェで、ランチタイムでなくても軽食がとれる。kura名物の丼（どんぶり）セットを食べ、店を出てから、二軒家に行ってみようと思い立った。

松江町（まつえちょう）の交差点を通り、喜多院へ。道を渡って日枝神社の裏にはいり、二軒家に向かう道を歩く。最初に二軒家を見つけたのも、こんなふうにひとりで歩いているときだった。

二軒家の前に出る。今日は平日だし、ボランティアの作業もない。だれもいないだろうと思っていたが、家のドアが開いていて、人の気配があった。

佐々木さんだろうか。庭の方にまわる。この前の和室の前の廊下も雨戸が開いていた。なかをのぞいていたとき、上から名前を呼ばれた。見あげるとやはり佐々木さんだった。二階のベランダからこちらを見おろしている。

「どうかしましたか？」

「いえ、ただ近くを通りかかったので」

「ちょうどよかった。遠野さんにうかがいたいことがあったんですよ。いまおりますので、待っていてください」

佐々木さんがいったん引っこみ、ややあって和室にやってきて、窓を開けてくれた。

「外は寒いでしょう。なかもなにもないけど、風はしのげる」

佐々木さんに言われ、縁側から和室にあがった。

「今日はなにか作業があったんですか」

「ええ。さっきまで町づくりの会の人と、改修をお願いする専門家の方に来てもらって、打ち合わせをしていたんですよ。遠野さんって、月光荘っていう古い建物に住んでいらっしゃるんですよね？」

「え、ええ。住みこみ管理人、っていう名目なんですが」

なぜ知っているんだろう、と思いながら答える。

「ここの改修も、月光荘の改修をしたのと同じ方に頼むことになったんですよ」

「ああ、真山さんですか？」

「そうです。このあたりの古い家は真山さんが改修に携わったものが多いみたいですね」

「ええ。月光荘も、佐久間さんっていう方がはじめた『豆の家』っていう珈琲豆の店も、真山さんが改修したんです。僕も何度かお目にかかったことがあります」

「遠野さんの住んでいる月光荘って、昭和初期のものなんでしょう？　住んでいて不都合はないんですか？」

「そうですね、たしかに冬は寒いですけど……。でも住んでいるとすごく落ち着くんですよ。こういう感覚はほかでは得られないですから」

それは僕が家の声が聞こえるという特異体質だからかもしれないが。まだ住んで一年にもならないのに、僕にとっては月光荘は、むかし両親と暮らしていた家と同じくらい馴染んだ場所になっていた。

「そうか。めずらしいですねぇ、まだお若いのに」

佐々木さんが不思議そうに僕を見る。

「でも、ちょっとわかる気がしますよ、この歳になるとね。もっと若いころだったら二軒家を見てもなにも感じなかったと思います。父が亡くなってこの家を相続して、もうだいぶ古くなってるからどうにかしなくちゃ、と思ってここに来て、それまではすっかり忘れていたのに、この家を見たとたん、うわあっとなつかしさがよみがえってきましてね」

佐々木さんが天井を見あげた。

「ここには中学生になるまで住んでたんですよね。もう一軒に祖父母が住んでたから、それ以降も夏休みや正月には泊まりに来てましたし。なかの造りもほとんど同じなんですよ。でも祖父母が亡くなってからもう四十年近く経つんですよね」

そう言って、大きく息をついた。

「そのあいだこっちは働いて、結婚して、子どもが生まれて、その子どもが成長して家を出て、めまぐるしい日々でした。だからこの家のこともすっかり忘れてしまったと思っていたのに、来てみるとおかしなくらいよく覚えているんですよ。古い壁紙とか、木の天井とか、磨りガラスの模様とか」

リビングの北側の小さな窓に入っている磨りガラスのことだろう。綾乃さんたちが話していたのを思い出した。

「星の模様がはいっているやつですか？」

「そうそう。僕はあの磨りガラスの模様が大好きで……。雨で外に遊びに行けない日なんか、あの磨りガラスをずっとながめていたんですよ」

佐々木さんが笑った。

「結婚してから新築マンション、新築一戸建てと住み替えて、何度かリフォームして新しい設備を入れたりもしました。それに比べるとこの家は住みにくそうなんだけど……なんだかすごく落ち着く。僕が歳を取ったからかな」

そのとき、外から声がした。佐々木さんを呼んでいる。すみません、とことわって、佐々木さんは玄関の方に出て行った。

僕は畳に座り、押入れの上の天袋を見あげた。この前、雛人形が出てきた場所。結局なにもわからなかったけれど、雛人形が勝手に自分でやってくるわけはないんだから、やっぱりだれかのものだったはずだ。わからないままというのは落ち着かない。

「こんにちは」

家に向かって小声でつぶやく。二軒家がしゃべることは知っている。二軒家だって、僕のことを覚えているはずだ。

返事はない。

人見知りなのかもしれないな。それに、伝えたいことを持たない家は、しゃべらないことの方が多い。この家もあのときまではオイテカナイデをくりかえしていたが、その思いはきっと昇華したのだろう。

「あかりをつけましょ、ぼんぼりに」

ふっと歌が口をついて出た。そして、あのとき家がこの歌を歌っていたのを思い出した。

オハナヲ　アゲマショ　モモノハナ

どこからか歌声が聞こえてきた。家の声だ、と気づき、耳を澄ます。

「お雛さまのこと、教えてくれてありがとう」

小さな声で言ってみた。家がふっと歌をやめる。

「オヒナサマ」

家が言った。

「ねえ、君は知ってる？　あのお雛さまがだれのものか」

「ダレノ？」

家がくりかえす。通じているみたいだ。

「あれはだれのものだったの？」

「ミコチャン」

「みこちゃん？」

人の名前だろうか。呼び名かもしれない。

「みこちゃんってだれ？」

「シラナイ」

「でも、名前は知ってるんでしょ？　どんな人？　女の子だよね？」

そう訊くと、家は黙った。知らない、ということなのだろうか。これ以上訊いても答えてくれそうにない。でも、みこちゃんという名前がわかった。少し前進だ。

「じゃあ、三人官女のことは知ってる？」

「サンニンカンジョ？」

「人形だよ。二段目の女の人。わかる？」

「ワカル」

「ほんとは三人いるはずなのに、ふたりしかいない。最初からふたりだった？」

「チガウ。サンニン」

「じゃあ、もうひとりは？」

「アゲタ」

「あげた？」

「カシタ」

家が言い直す。

「だれに？」

「オンナノ、コドモ」

女の子、ということか。

「どんな子？」

答えはない。

「いつあげたの？」

またしても答えはない。

あげたのか貸したのかどっちかはっきりしないし、いつのことなのかもわからないけれど、とにかくだれか女の子に渡したらしい。

「すいません、お待たせしてしまって」

そのとき、佐々木さんが戻ってきた。

「町づくりの会の方から訊き忘れたことがあるからって……。改修工事のことやら、ここを公開施設にするための手続きのことやら、助成金のことやら、いろいろ複雑で」

建物が伝統的建造物として認定されれば助成金がおりる。だがそうなるといろいろ縛りがきびしくなる、というようなことを前に真山さんから聞いたことあった。

「でもせっかくですからいい形にしたいですしね。それはまあ、あせらずぼちぼちやっていきますよ。さいわい町づくりの会の方たちも親身に相談にのってくださっているので。で、さっきも言いかけたんですが、実は遠野さんにお願いしたいことがありまして」

「なんでしょう？」

「この前の雛人形なんですが、月光荘で展示してもらうことはできないでしょうか」

「月光荘で？」

予想外の申し出にちょっと驚いた。

「ええ、雛人形はここに収蔵して、来年以降は雛祭りの時期に展示する、という方向で考えています。でももちろん今年の展示は無理。それで、松村菓子店の桃子さんから、今年は月光荘に展示したらどうか、と提案されまして」

「桃子さんから？」

「正確にはお嬢さんの果歩さんからの提案のようですけど」

なるほど、言いだしたのはべんてんちゃんか。

「月光荘では二階に使われていないスペースがあって、年末には切り紙のワークショップを開催したとか。そこに雛人形を展示して二軒家が資料館になることを告知したら宣伝にもなるんじゃないか、って」

二階には二間あり、小さい方が僕の居室、大きい方はふだんは空き部屋だ。使い道が定まらず、ずっと板張りのままだったが、もともと畳の部屋だったし、やはり畳の方が統一感があるだろうという島田さんの判断で畳を入れたばかりだった。

切り紙のワークショップも好評だったし、貸しスペースになったら使いたい、という声も聞くようになって、そういう空間にしようということまでは決まったけれど、まだ本格的にオープンしてはいない。

「わかりました。僕は雇われ管理人ですから、持ち主の島田さんに訊いてみます。いまのところ予定ははいっていないですし、そういう企画なら賛成してくれる気がします」

島田さんには、月光荘を歴史や文化にかかわることに活用したいという思いがあるようで、切り紙ワークショップのときもずいぶん乗り気だった。雛人形が飾られていればお客さんが立ち寄ってくれるだろうし、月光荘や地図資料館にとっても宣伝になる。

「桃子さんによると、雛人形は立春のあたりから飾るみたいですね。ということは、来週の週末あたりからかな、と」

「そうですね、僕たちも大学の年度末で、一月中は課題やら試験やらに追われてますけど、二月にはいればお手伝いできますし」

「果歩さんも同じことを言ってたみたいです」

さすがべんてんちゃん。全部想定済みってことか。

「そうしたら、まず島田さんに相談してみます。わかったらご連絡しますね」

僕は答えた。月光荘に雛人形が飾られる。考えると少し心が弾んだ。

4

雛人形を飾る件を島田さんに話すと、すぐに承諾してくれた。最近、古民家でお雛さまの展示をする話をよく聞く、子どもがいたころは飾っていたがもう飾ることのなくなった高齢者にも評判がよいらしい、と言っていた。

二軒家から月光荘はふつうなら歩いていける距離だし、お雛さまの箱もひとつひとつはそんなに重くはない。でも、あの大きな箱を持って町のなかを移動するのはちょっとためらわれ、結局佐々木さんが車を出してくれることになった。

日にちは二月最初の土曜日。大学は一月末で終わりだから、そのときにはテストやレポートからも解放されている。佐々木さんはそのあと用事があるそうで、雛人形を運んだら帰ると言っていた。綾乃さんは仕事で来られないらしい。

お雛さまの飾り方は桃子さんが教えてくれるとのことで、桃子さんとべんてんちゃんで事足りると思っていたが、べんてんちゃんが話すと「浮草」の安西さんや豊島さんも興味を持って、手伝いに来ることになった。

テスト、レポートをなんとかくぐり抜け、お雛さまを飾る日になった。僕はもちろんお雛さまを飾るところを見るのもはじめてで、朝から妙にどきどきしていた。

「お雛さまが来るんだよ」

窓枠を拭きながら、月光荘に向かって言う。

「オヒナサマ」

月光荘がつぶやく。

「お雛さま、知ってる？」

「シッテル」

心なしか、月光荘の声がはなやいでいる。

「アカイ、カイダン。ニンギョウ、タクサン。キレイ」

ここに最初に住んでいたあの人のものだろうか。安藤さんと幼馴染で、夜逃げでこの家を出た彼女。いや、彼女の家は空襲で焼け出されたためここに越してきた、という話だったから、お雛さまは持っていなかっただろう。

そういえば安藤さんから、彼女たちのあとここに住んでいた大隅（おおすみ）さんのところには女の子がいた、と聞いた。三人きょうだいでいちばん下が女の子だったと。月光荘が覚えているのはその子の人形かもしれない。

「アラレ、ヒシモチ、キンカトウ」

雛祭りは女の子のお祭りだから、僕にはさっぱり馴染みがない。だが、女の子たちが集まって、淡い色のお菓子を食べたり、甘酒を飲んだりするという話は聞いたことがあるし、キンカトウはわからないが、雛あられ、菱餅（ひしもち）は菓子店で見かけたことがある。

「アヤトリ、オテダマ、カイアワセ」

べんてんちゃんも子どものころよくこの家に遊びにきたという話だが、そのころには大隅さん夫妻はもう高齢だった。大隅のおばあちゃんはむかしの遊びが得意で、いろいろ習った、とべんてんちゃんは言っていた。

あやとり、お手玉はわかる。カイアワセとはなんだろう。貝を使った遊び？　そういえば雛祭りにははまぐりのお吸い物が出ると聞いたような。

「遠野せんぱーい」

下からべんてんちゃんの声がした。

「お雛さま、来ましたよー」

あわてて階段をおりる。玄関にお雛さまの大きな箱を抱えたべんてんちゃん、桃子さん、佐々木さんが立っていた。

やがて豊島さんと安西さんもやってきて、雛人形の飾りつけがはじまった。佐々木さんが帰ってしまったので、男は僕ひとり。女の子のお祭りの支度だからちょっと居心地が悪いが、男手もあった方がいいから、と桃子さんに言われてそのまま手伝うことにした。

まずは雛壇の組み立て。組み立てたあとに動かすことはできそうにないので、最初に位置を決める。やってきた人が落ち着いて見られる場所がいい、直射日光が当たるのはよくないだろう、と考え、階段をあがって向かいの広い壁際に決めた。

雛壇は金属の枠にそれぞれの板をのせる造りだが、取り扱い説明書もないからしばらく試行錯誤が続いた。なんとか形になり、緋毛氈（ひもうせん）をかける。

それから箱を開け、上の段から順に雛人形を飾っていく。ならべ方の説明もないが、だいたいのことは桃子さんが教えてくれた。記憶の怪しい部分は、スマホで検索した雛人形の写真を参考にした。

いちばん上は内裏雛（だいりびな）。金屏風（きんびょうぶ）を立て、その前に畳のついたいちばん大きな台座を置き、その上に人形をのせる。向かって左が男雛(おびな)で、右が女雛(めびな)。これも地方によってちがうようで、京都など関西では男雛を向かって右、女雛を左に置くらしい。

二段目は三人官女。本来は座り姿の人形を真ん中に、両脇に立った人形を置く。向かって右が長柄(ながえ)、左が提子(ひさげ)。だがこのセットには人形がふたつしかない。ふたつを均等に置くと内裏雛と重なってしまうので、結局座り姿の人形を真ん中に置き、提子を持った官女を左に置いた。右が妙に空いてしまうが仕方がない。

人形や装身具の細工も細かく、ミニチュアの家具や乗り物の数も多くて手がこんでいる。博物館に展示されているジオラマや鉄道模型に少し似ている。ミニチュアで作りあげる世界だ。おもしろいものだな、と思った。

「やっぱりかわいいですねえ」

雛道具をならべながら安西さんがつぶやく。

「ほんとだね。どれもこれも小さくて、なんかときめく」

豊島さんがうなずく。

べんてんちゃんのお雛さまはケース入り、豊島さんの家はもっとコンパクトで木彫りの内裏雛だけなのだそうだ。四人姉妹の安西さんの家は組立式の三段飾りだが、このセットにくらべればだいぶ小さいという。

「お雛さまを見ると『女の幸せは結婚』って言われてるような気がして嫌だって言ってた子もいるけどね」

豊島さんが言った。

「そうなんですか？」

べんてんちゃんが訊く。

「子どものころから、男の子が鯉のぼりで、女の子が雛人形なのがどうしても嫌だったんだって。女は家のなかでままごとしてろ、って言われてるみたいで」

「なるほど。たしかにそう言われてみればそうですね」

べんてんちゃんがお雛さまをじっと見る。

「言いたいことはわかるよ。わたしも鯉のぼり欲しかったもん。大きいしさ」

豊島さんが笑った。

「そうよね、いまは生き方も多様化してるもんね」

桃子さんもうなずく。

「雛人形はもともとは女の子の誕生を祝うものだったのよね。むかしは子どもが生まれても、大きくなるまで生きられるかわからなかったでしょう？　病気もあったしね。だから無事大人になれるように、っていう祈りがこめられていたんじゃないかしら」

雛人形は多くの場合、母方の家から贈られるものだったらしい。女の子が生まれると、母親や母方の祖父母が雛人形を買いに行く。

「わたしはこのミニチュア感に惹かれるなあ。小さいものってそれだけで魅力的な気がするんですよねえ」

安西さんは雛道具の簞笥をそっとなでた。

「ああ、そういえば……。雛祭り関係で、キンカトウっていうものを知ってますか？　あと、カイアワセ」

月光荘の言葉を思い出して僕は訊いた。

「キンカトウはお菓子よ。金の花に砂糖の糖。お砂糖と水だけで作るの。煮詰めた砂糖を菓子木型に流しこんで固める。うちでもむかしは作ってたみたいだけど」

桃子さんが言った。

「菓子木型っていうと、『豆の家』に飾ってあるような？」

僕は訊いた。豆の家の建物を改築したとき、長持からたくさん菓子木型が出てきたのだ。豆の家にはそのときの菓子木型がたくさん飾られている。

「そうそう。でも、金花糖はなかが中空なのよね。煮詰めたお砂糖を入れて、ある程度固まったところで内側の固まってない砂糖水を外に流すの。だから壊さずに作るのがけっこうむずかしいんだって。お魚の形が多かったみたいね。できあがった白いかたまりに赤やピンクの色をつけて……。味はお砂糖だけど、とにかく見た目がかわいい」

「じゃあ、カイアワセは？」

べんてんちゃんが訊く。

「あ、それは、むかしからある遊びです」

安西さんが答えた。

「平安時代からあって、もともとは貝を持ち寄って種類の多さや貝の形を競う遊びだったみたいですけど、その後、はまぐりの貝殻をたくさん集めて二枚をばらばらにして、もとのペアを探す遊びのことも貝合わせと呼ぶようになったみたいです。一種の〝神経衰弱〟みたいなものですね。貝殻はペアだったもの同士しかぴったり合わないそうで……」

「そうなんだ」

貝殻は生きものが作るもの。僕たちの骨と同じように。個体によって微妙に形がちがうから、ほかの貝とはぴったり合わないのだろう。

「さらに一対(つい)の貝の内側に同じ絵を描くんだそうです」

貝の片方は出貝(だしがい)、もう片方は地貝(じがい)と呼ばれ、出貝と地貝をそれぞれ別々の桶(おけ)におさめる。ゲームの際には地貝をならべて伏せて置き、出貝をひとつずつ出して、それと合う地貝を探し出した者が貝を取り、多くの貝を集めた者が勝ちとなる。

この遊びは江戸時代にも盛んに行われ、ペアとしか合わないところから、夫婦和合の象徴として、公家(くげ)や大名の嫁入り道具となったのだそうだ。

「へえ、おもしろそう。やってみたい」

べんてんちゃんが言った。

「そうですね、でも、道具が……。貝合わせの桶、残ってはいるでしょうけど、博物館に収蔵されてるものくらいしかないんじゃないでしょうか」

安西さんが首をかしげた。

「作る！」

べんてんちゃんが言った。

「作る？」

豊島さんが驚いたようにべんてんちゃんを見た。

「はい。雛祭りまであと一ヶ月ありますし、雛人形を公開しているあいだ、貝合わせ作りのワークショップを開いて、来た人に作ってもらう、というのはどうでしょう？　切り紙のときだってあれだけたくさんできたんだから、けっこう作れる気が」

「え、でも、ほんとの貝合わせって、たしか貝を三百六十個使うんじゃなかったかな。どうやって貝を集めるの？」

　安西さんが訊いた。

「知り合いの料亭に頼めば集められるかもよ。毎年、立春から雛祭りまではまぐりのお吸い物を出してたから」

　桃子さんが横から答える。

「そこまで数にこだわらなくてもいいんじゃない？　作ること自体楽しそうだし、雛祭りのあたりで一日トーナメント戦を開いたりすれば、人が集まりそう」

　豊島さんが言った。

「いいですね、ゲーム自体は男女問わず楽しめるし、雛祭りらしい雅（みやび）な雰囲気も味わえる。せっかくの雛人形、いろんな人に見てもらいたいです」

　べんてんちゃんはかなり乗り気だ。

「でも、内側に絵を描くんでしょ？　どんな絵なの？」

　豊島さんに訊かれ、安西さんはスマホで検索して、貝合わせの画像を出す。

「いやいや、これはちょっと素人（しろうと）には描けないでしょ」

　豊島さんが引き気味に言う。安西さんのスマホに表示された貝は、内側に金箔（きんぱく）が貼られ、百人一首のお姫さまのような絵が描かれている。

「うん、さすがにこれは無理だよね」

　安西さんが笑った。

「でも、要するにペアの二枚に同じ柄が描かれていればいいわけだから、なんでもいいと思うの。花でも動物でも」

「安西さんは絵がうまいから簡単に言うけど、一般の人はその『花』だの『動物』だのが描けないの。っていうか、なんでもいいから描け、って言われること自体がすごいプレッシャーで……」

　豊島さんがぼやいた。

「子どもたちはみんな自由に描きそうだけど、大人はねえ」

　桃子さんが言った。

「ワークショップ、って考えると、ある程度回転させなくちゃいけないし。来る人数にもよるけど、みんながあんまり考えこんじゃうと大行列になっちゃうかもしれない」

　僕も口をはさんだ。切り紙のときも、みんなに切り紙をしてもらうことより、月光荘の前にならんだ人の列をどうするかの方が大問題だったのだ。

「切り紙のときは型もあったし、なんとなく切っただけでも形ができたからよかったんですよねえ」

べんてんちゃんがぼそっと言った。

「ああ、そうだ。そうしたら」

なにか思いついたのか、安西さんがべんてんちゃんを見た。

「ステンシルはどうでしょう？」

「ステンシルってなんでしたっけ？」

べんてんちゃんが首をかしげる。

「型紙を使って模様を描く方法です。切り絵の要領で、アルファベットとか、簡単な絵柄を切り抜いた型紙を紙や布の上に置いて、その上からスポンジでぽんぽん絵の具を叩く。型紙を剝がすと絵柄が写っている、っていう」

安西さんが説明した。

「それならだれでもできそうですね」

べんてんちゃんが言った。

「年末の切り紙で使った文様もいいかな、と思うんです。貝の内側にまず金のアクリル絵の具を塗って、上からステンシルシートを使って好きな色をつけてもらう」

「自由に描ける人は自分で自由に描いて、型紙を使いたい人はそれを使うのでもいいよね。型紙のバリエーションがたくさんあった方がいいけど、型紙をいくつか組み合わせるようにすれば、ほかの人とのかぶりもふせげるんじゃない？」

「そしたらわたし、ステンシルシートをいくつか作ってみます」

「じゃあ、わたしは宣伝用のチラシとサイトの素案を作るね。まずはワークショップの日にちを決めないと」

安西さんと豊島さんが口々に言った。

いろいろ相談して、ワークショップは雛祭りまでの土日に行い、べんてんちゃん、安西さん、豊島さん、僕のほか、木谷ゼミ、立花（たちばな）ゼミからボランティアを探すことにした。ワークショップに来た人が一セットずつ貝合わせを作ってそれをためていき、最後、節句に近い日にみんなで貝合わせのゲームをする。なんだかまたおおごとになってきたなあ、と思いながら、僕も少しわくわくするのを感じていた。

相談が終わったときはもうすっかり日が暮れていた。みんなで外に出て夕飯を食べ、月光荘に戻る。階段をのぼり、暗い部屋に電気をつけると、ぱっとお雛さまが浮かびあがった。そこだけ春が来たみたいにはなやかだ。

飾られている桜や橘（たちばな）もつくりもの。人形たちもつくりもの。だけどにぎやかできらびやかで、五人囃子が奏でる音楽が聞こえてくるようだった。女の子のいる家には、春になるころこんなふうに飾られるのか。

春の節句に雛菓子を食べ、はまぐりのお吸い物やちらし寿司の食卓を囲む。女の子の家でそんな行事があったなんてちっとも知らなかった。なごやかでかわいいお祭りだ。だが想像すると、楽しさの陰に、小さな命を守る切実さが感じられる。

――むかしは子どもが生まれても、大きくなるまで生きられるかわからなかったでしょう？　病気もあったしね。だから無事大人になれるように、っていう祈りがこめられていたんじゃないかしら。

さっきの桃子さんの言葉が頭をよぎる。医療が整っていなかったころは、赤ん坊も幼児も死ととなり合わせだった。流行り病で命を落とすことも多かっただろう。小さなものの命ははかない影絵のようなものだ。

お雛さまは、そんな女の子たちをそっと守っていたのかもしれない。影にしっかり厚みができて、そう簡単にこの世から消えてしまわないくらい大きくなるまで、冬と春の境のこの季節、赤い雛壇にのって持ち主の命を守っていたのだろう。

小さな子どもは、まだ半分黄泉の世界にいるようなものだ。日差しに照らされあかるい昼間も、物陰にはいつも闇があり、子どもたちを引っ張ろうとする。親たちは目に見えない死の影に取り憑かれてしまう。それが子を育てるということだ。

だからこんなに大きな雛壇が必要だったのかもしれない。ひとつの人形ではなく、代々続く家を思わせるこのような一組の人形たちが。

雛人形の前に腰をおろす。それにしても、この雛人形はいったいだれのものだったんだろう。佐々木さんからはその後なにも連絡がないし、持ち主の謎は解けないまま。三人官女がふたりしかいない理由もわからない。

目の前の雛人形を見ていると、はなやかで、きれいで、でもはかない気もして、少し悲しくなって胸が詰まる。あかるくあたたかいさびしさが漂って、持ち主のことも三人官女のこともどうでもいいような気がしてくる。

「きれいだな」

思わずつぶやいた。

「キレイ。ウレシイ」

月光荘の声がした。その声に救われたような気がして、自然と笑みが浮かぶ。

「なんだかべんてんちゃんたちが妙に張り切っているし、これからまた人がたくさん来て、忙しくなるかもしれないよ」

「ヒト、タクサン」

月光荘がつぶやく。

「いやかな？」

以前切り紙のワークショップで人がたくさん来たとき、ツカレタと言っていたのを思い出して訊いた。

「ヒト、タクサン、ツカレル」

「そうだなあ」

「デモ、タノシイ」

「そうか」

月光荘も実は人が来ることを楽しみにしているみたいだ。

なんだかちょっとうれしくなって、畳にごろんと横たわった。

― 5 ―

数日後、安西さんからステンシルのサンプルができたと連絡が来た。豊島さんもチラシの素案ができたという。べんてんちゃんたちとみんなで月光荘に集まり、ワークショップの打ち合わせをした。

安西さんはステンシルの型紙と、それを使って作った実際の具合わせのサンプルをいくつか持ってきてくれた。貝の内側が金色に塗られ、桜、ウサギ、お雛さまなどがステンシルで象られている。単純な柄だが、なかなかかわいかった。

「貝の内側を金のアクリル絵の具で塗るところまではあらかじめこちらでやっておいた方がいいと思います。塗って乾くまでに時間がかかりますし、ひとりひとりに塗ってもらうより、まとめて塗った方が絵の具の量も少なくてすみますし」

安西さんが言った。

「そうだね。子どもたちには貝に絵の具をきれいに塗るのはむずかしいだろうし」

豊島さんもうなずく。

「お客さまには『型紙を使うコース』と『自分で描くコース』をあらかじめ選んでもらいます。型紙を使う人には型紙を選んでもらって、自分で描く人には絵の具を渡す」

安西さんが言った。

「子どもは絵の具、大丈夫かな？　こぼさない？」

「小さな絵だから使う絵の具や水の量も少ないし、大丈夫だとは思いますが……」

「あ、じゃあ、お子さんの席にはピクニックシートを敷いたらどうですか？　姉も何枚かかわいいシートを持ってますし」

べんてんちゃんのお姉さんは保育士なのだ。

「そうだね。シートを敷いとけば安全だし。小学校低学年までは子ども席。小学生はひとりで、未就学児は親御さんといっしょにその席で描く」

豊島さんがまとめた。

ステンシルの型紙は日本の古典的な文様が数種類、草花十種類、動物十種類、人形や菱餅など雛祭り関係のものが十種類。シール紙に印刷し、切り抜いたものだった。

「この細かいの、よく切り抜いたね」

豊島さんが感心したように言う。

「こういうの、好きだから。でも、量を作るのはけっこうたいへんで。市販のシートも考えたんだけど、貝の内側は曲面だからシール式じゃないとずれちゃうから」

「でも、そうしたら使い捨てでしょ？　けっこう量が必要だね」

「そうなんだよ。まあ、全員がステンシルを使うわけじゃないと思うけど……」

安西さんが、うーん、とうなる。

「切り抜くだけだったらわたしたちも手伝いますよ。複雑な形は無理だけど、葉っぱとか花の形あたりはなんとかなりそうです」

べんてんちゃんが言った。

「カッターは無理だけど、はさみで切れる形のはわたしでもできるかも」

豊島さんもうなずく。

「そうだね、ワークショップの会期のあいだにお客さんの人数を見ながら作り足していけばいいもんね」

「立花ゼミにも手先が器用な人、いたじゃない？」

僕はべんてんちゃんに言った。

「ああ、そうですね、三上(みかみ)さんとか林(はやし)さんはこういうの得意そう。今回のワークショップも手伝ってくれるって言ってたし、図案も考えてくれるかも」

「それは助かります」

安西さんがほっと息をつく。

べんてんちゃんが木谷ゼミ、豊島さんが立花ゼミの学生に予定を聞いてきてくれたので、ボランティアのシフトも組むことができた。

豊島さんのチラシやサイトの素案も申し分なかった。日付や時間帯、料金や申し込み・問い合わせ先を決め、デザインに組みこむ。チラシはべんてんちゃんが大学の簡易印刷機で印刷してくることになった。

「で、あとは貝殻だけど……」

僕が言うと、べんてんちゃんが紙袋をどんと机に置いた。

「母から預かってきました。とりあえずこれだけ」

紙袋のなかからビニール袋を取り出す。

「うわ、けっこうはいってるね」

豊島さんが声をあげる。

「この前話した料亭から母がもらってきたんです。ばらばらにならないようにペアをゴムで留めてあります。いまはまだ三十個くらいですけど、はまぐりのお吸い物の時期はもうはじまってて、毎日殻をためておいてくれるそうです。きれいに洗って除菌して。貝合わせのことを話したら、チラシも置いていただけるみたいで」

「すごい。大きさもちょうどいい感じです」

安西さんが貝をひとつ手のひらにのせた。

「試作してみてわかったんですが、貝殻って微妙に大きさがちがうし、模様にも特徴があるんですよね。トランプの神経衰弱は位置だけで覚える感じですけど、これは貝の外側の様子である程度ペアがわかる」

「じゃあ、数を多くした方がわかりにくくなって楽しめるね」

「そうですね、がんばってたくさん作りましょう！　ワークショップだけじゃなくて、わたしたちもいくつか作って……」

べんてんちゃんはまた妙に張り切っている。

「先輩もいくつか作ってくださいよ」

べんてんちゃんがちらっとこっちを見た。

「え、僕？　絵なんて描けるかな」

「練習のつもりでがんばりましょう」

そう言ってにっこり微笑む。困ったな、と思いながら、仕方なくうなずいた。

とりあえずノルマとして貝殻を三個渡され、内側に金の絵の具を塗るところまではすませた。だがなにを描けばいいのかさっぱりわからない。型紙はまだ数が少ないし、僕が使うのは気が引ける。

絵のうまさを問うものじゃない、左右が同じ絵柄になっていればいいんです、と安西さんは言っていたけど、さすがにあまりに稚拙（ちせつ）な絵では情けない。

子どものころは、僕だって絵を描いていた。中学にあがってからだって美術の時間はあった。だけど小学校高学年からは進学塾に通って受験勉強に明け暮れ、中高も勉強に追われていたから美術の時間の印象はあまりない。

子どものころってどんな絵を描いてたんだっけ。テーブルの上の貝を見つめながら記憶をたどる。あのころは絵を描くより、木工ばかりしてたんだ。父が大工で、木の積み木やおもちゃを作ってくれて、見よう見真似で自分でも木工をするようになった。危ないと言われて、幼稚園や小学校ではまわりの子はみんな刃物を持ったことがないみたいだったが、僕は子どものころから鉛筆も削れたし、簡単なものなら作ることができた。もちろん父には遠く及ばなかったが。

あの家での日々が頭にぼんやり浮かんでくる。僕は虫が好きだったんだ。庭にしゃがんで、飽きることなく虫をながめていた。アリ、カマキリ、バッタ、ダンゴムシ。ときどき出てくるトカゲも好きだった。

ああ、あの庭の生きものを描いてみようか。うまく描けるかわからない。まずは紙に下描きする。記憶だけではどうにもならず、ネットで写真も探した。バッタやカマキリはなかなかむずかしそうで、アリ、ダンゴムシ、トカゲを描いてみることにした。

アリは昆虫だから頭、胴、腹と身体が三つの部分に分かれている。頭には触角と口があるし、脚は全部胴から出ている。後ろ脚の曲がり方がなかなかむずかしい。

ダンゴムシは虫とついているが昆虫じゃない。脚がたくさんあるし、エビに近いと聞いた。触ると丸まるし、糸を伝って歩いたりもするから、ずいぶん遊んだものだった。

トカゲはときどき尻尾が虹色のやつがいて、これを見かけるとすごくうれしかった。尻尾をつかめば捕まえられるが動きが速い。じっと見ると目がぱっちりして、なかなかかわいい顔をしていた。

なんだろう、あのころの午後って、なんであんなに長かったんだろう。

少し苦労したが、まあまあ納得のいく下描きができた。写実的とは言えないが、虫が苦手な人もいるし、このくらいの方がいいだろう。

地貝と出貝、同じ柄にするんだっけ。貝の内側に軽く鉛筆で下描きし、筆を取ってアクリル絵の具を塗る。虫だけではさびしいので、庭の石や草も描いた。

これ、けっこう楽しいな。

はじめるまでは面倒だと思っていたのに、切り紙のときと同じように、気づくとけっこうはまっていた。

数日後、べんてんちゃんから刷りあがったチラシを渡され、僕も知り合いのところに持っていくことになった。といっても、川越育ちのべんてんちゃんとちがって、僕の知り合いはまだまだ少ない。

安藤さんの「羅針盤(らしんばん)」、佐久間さんの「豆の家」、笠原(かさはら)紙店、菓子屋横丁のパン屋さん、ランチでよく行く「kura」、高澤通り(たかざわどお)沿いの和ろうそくのお店。べんてんちゃんも知っている場所がほとんどだが、べんてんちゃんはほかにたくさんまわるところがあるから、このあたりは僕の担当ということになった。

翌日、菓子屋横丁のパン屋さんからスタートし、豆の家、kura、笠原紙店、和ろうそくの店とチラシを置きにまわった。

最後、羅針盤に寄ると安藤さんがいた。カウンターに座り、珈琲を注文する。

「雛人形か。春らしくて、いいねえ」

チラシを見ながらにこにこ目を細める。

「末次さんにも連絡してみようかな」

末次さんとは、月光荘にはじめに住んでいた人で、安藤さんにとっては幼馴染だった。空襲で焼け出され、川越に月光荘を建てて暮らしていたが、彼女が小学生のときに夜逃げしなければならなくなった。安藤さんともそれきりだったが、月光荘が改築されてから偶然やってきて、安藤さんとも再会したのだ。

末次さんはいろいろ苦労されたようだったが、その後結婚し、子どもをふたり育てた。いまは旦那さんに先立たれ、長男の一家と神奈川に住んでいるらしい。月光荘を訪れたときも息子さんの一家といっしょだった。

「彼女の家は空襲でなにもかもなくなったって言ってたからなあ。お雛さまがあったとしても焼けてしまっただろう。だから月光荘に雛人形が飾られているのを見たらうれしいんじゃないかと思って」

　戦争というのはおそろしいものだ。人々の願いや祈りまで奪い去る。

それでも末次さんにはいまのおだやかな暮らしがある。燃えてしまったあともお雛さまが守ってくれていたのだろうか。

「そうですね。お雛さまは女の子のしあわせを祈って贈るものだと聞きました。僕はひとりっ子で、雛人形とは縁がなかったんですが、いいものですね。月光荘に飾られている人形を見ていると、なんだかなごやかな気持ちになります」

「むかしは子どもが亡くなることもよくあったから。何人か子どもがいたって、全員が大人になれるとはかぎらない。わたしたちのころだってそうだったけど、時代をさかのぼればますますね。子どもの成長を祈願する気持ちは強かったと思うよ」

　安藤さんが珈琲を淹れる。ふんわりとした泡が立ち、いい匂いが立ちこめた。

「若いころ、『若い者は命を粗末にするんじゃない』と言われたことがあってね。なんだか納得がいかなかった。理想のために命を捨てることだってあるだろう、命はだれのも等しいだろう、赤ん坊でも年寄りでも等しく一個の命だろう、ってね」

　そう言いながら珈琲を差し出す。

「でもその人はきっと、先の長い者を大切にしたかったんだろう」

「そうですね」

答えながら珈琲に口をつけた。ふわっと強い香りがはいってくる。

「そのころのわたしは、自分は命を生きのびさせるための器じゃないぞ、と思ったけどね」

命を生きのびさせるための器。

ただ息をして食事をして、生きるためだけに生きている、そうなるのが怖かった。命はほんとにそれだけで価値があるものなのか。命なんてそもそも泡みたいなもので、あってもなくても、続いても続かなくてもいいんじゃないか。

珈琲は苦い。だがその苦味のなかにいろいろなものが隠れている。それが口のなかで順々に花が咲くようにあらわれては消えた。

僕たちは人間だ。精神を持って生きている。でも、生きものであることからものがれられない。僕はひとりの人間だけど、つながりのなかの一部でもある。

川越に来て、月光荘に住むようになってから、そんなふうに思うことがある。

「雛人形、見に行きますよ」

安藤さんが微笑む。お願いします、と言って、最後のひと口を飲んだ。

6

　雛人形の展示とワークショップのチラシがあちこちに置かれ、平日からちらほらと展示目当ての人が訪ねてくるようになった。きれいに飾られたお雛さまを見て、立派ね、やっぱりお雛さまはいいわね、などと口々に語り合っている。

　桃子さんがやってきて、甘酒をふるまってくれることもあった。晴れた日には窓から日差しが注ぎ、一足先に春になったようだった。

　週末のワークショップにも何件か申し込みが来た。べんてんちゃんや豊島さんもいくつかできあがった貝を持ってきた。

　豊島さんの貝には扇や長柄(ながえ)など雛人形の持ちもののシルエットが描かれている。シンプルだが、なかなかモダンでセンスがいい。

　べんてんちゃんの貝には不思議なゆるキャラのようなものが描かれ、彼女のマイペースな性格がよくあらわれていた。べんてんちゃんのお姉さんの果奈(かな)さんの作ったものもあり、保育園の先生らしく、かわいいクマやウサギが描かれている。

　驚いたのは桃子さんの貝で、本格的な姫や殿が細かく描かれていた。習ったことがあるわけではなく、家にある百人一首の絵を真似て描いただけらしい。むかしから絵はうまかったんだけど、こんなの描けるなんて、とべんてんちゃんも驚いていた。

僕の描いた庭の生きものも意外と好評で、べんてんちゃんからは、先輩、意外と絵心ありますね、と褒められた。安西さんも、虫というのは思いつきませんでした、子どもが喜ぶかもしれないので、虫の型紙も作ってみます、と言った。

桃子さんのおかげで素材の貝も順調に集まり、ワークショップ初日には百個くらいの貝がそろった。安西さんのほか、木谷ゼミの三年生が何人かステンシルの型紙作りに協力してくれて、種類も数もそろってきた。

ゲームのルールも決めた。本来の貝合わせのルールは複雑で、貝を三百六十個も使うらしい。すべてそのまま行ったら一試合何時間もかかってしまう。だから、一試合に使う貝を六十対と決めた。まちがった貝を選んだ場合は、同じ場所に戻すことにした。

最初の土日で三十人ほどの人が貝合わせの貝を作ってくれた。なかにはふたつ作ってくれた子どももいた。型紙を使う人も多かったが、自分で絵を描く人もけっこういた。みんな雛祭りにはあまりこだわらず、自分の好きなものを描いている。

子どもたちはたいてい自分で描く方を選んだ。電車や飛行機を描く男の子や、ペットの犬や猫やハムスターを描く子もいた。ペンギンや象、フクロウにハリネズミ。竜やペガサスのような架空の生きものもいる。

和洋折衷。みんなそれぞれで、見ていると飽きない。宣伝の効果が出たのか、翌週にはさらに参加者が増え、貝合わせの貝は順調にたまっていった。

雛祭りの一週間前。貝合わせの貝も三百対を超えていた。この土日にもワークショップがあるから、もう少したまるだろう。一試合六十対使うとして、一度に五、六試合できそうだ。申込者をグループ分けして、トーナメントの表も作った。

土曜日の夕方、ワークショップが終わり、みんなが帰っていったあと、外から女の人がはいってきた。年齢は六十代くらいで、小柄でグレーのコートを羽織っている。なんとなく最近どこかで見たことがあるような気がしたが、思い出せない。

「あの、すみません」

彼女はそう言って僕を見た。

「もうおしまいの時間なんですよね」

不安そうに、きょろきょろと室内を見まわす。

「え、ええ。閉館時間ですが、少しなら大丈夫ですよ」

「これを見て来たんです」

彼女の手には豊島さんが作ったチラシがあった。

「ここに二軒家の雛人形がある、って……」

「ああ、お雛さまですね。二階です。よろしければどうぞ」

彼女の表情が気になって、僕は笑顔を作った。

「ありがとうございます」

彼女は小さく言うと、階段をのぼりはじめた。そのうしろ姿を見ながら、なんとなく、特別な事情があるような気がした。

さっきのやりとりを思い出すと、最初からもう閉館時間だとわかっていたみたいだった。公開時間の書かれたチラシも持っているわけだし、わかっていてこの時間にやってきたのかもしれない。

それに雛人形のことを訊くとき、「二軒家の雛人形」と言った。ただ雛人形が見たいだけなら、わざわざ「二軒家の」とつけないだろう。つまり、彼女にとって、あの雛人形が二軒家のものであることが重要だったのではないか。

二軒家を知ってる？

だが、二軒家の住人ではないはずだ。二軒家の残った方の家に暮らしていたのは、佐々木さんと和田さん。佐々木さんと年ごろは近いが、佐々木さんはひとりっ子だと言っていたし、和田さんの家もふたりとも息子だという話だった。

もう一軒、燃え落ちた方に住んでいたのは佐々木さんのお祖父さんで、お祖父さんの死後は別の一家に貸していたようだが、こちらは佐々木さんよりだいぶ若かったはず。そもそも二軒家のゆかりの人なら、はじめにそう名乗るのではないか。

だとしたら、この人はだれなんだろう。

「ああ、きれい」

階段をのぼりきったところで、彼女の声がした。雛壇の前に立ち、両手を胸の前で祈るように合わせている。声をかけるのはためらわれて、しばらく様子を見ていた。

「ありがとうございました」

彼女はそう言って、人形に向かって深々と頭をさげた。そうして脇に抱えていた大きなカバンを開き、白い包みを取り出す。そっと包みを開くと、なかから人形が出てきた。

あっ、と声をあげそうになった。人形。三人官女だ。彼女は包みを外すと、その人形を三人官女の段の、空いていた右端に置こうとした。

「あの、それは……」

思わず声が出た。彼女は人形を置いてから僕の方をふりかえった。

「すみません。実はわたし、人形を返しにきたんです」

彼女は意を決したように言った。

「人形を返しに？」

「はい。この人形は、和田さんの奥さまからお借りした……。いえ、ちがうんです、ほんとはわたしが……」

そう言うと、顔をふせた。置かれた人形は、ほかの三人官女と大きさも衣装も同じで、ひと目でそろいのひとつだとわかった。彼女は雛壇の前に腰をおろし、僕も向き合って座った。

その人は丸山（まるやま）さんといって、いまは二軒家の先、新河岸川（しんがしがわ）を越えた伊佐沼（いさぬま）のあたりに住んでいるらしい。だが、子どものころは二軒家のすぐとなりに住んでいた。二軒家ほど大きな家ではない。平屋の古い借家だった。

「小学校一年の秋のことでした。二軒家にあたらしく和田さんの家が越してきたんです。引っ越してきた日、うちにも菓子折を持ってごあいさつに見えて、ご夫婦ふたりで住んでいるということはなんとなく知っていました。奥さんは志津さんといって、ほっそりしたきれいな方で、上品で全然所帯やつれしたところもなく、ああいう家に生まれたかったな、と少しうらやましく思ったりして。でも、少しさびしそうに見えました」

丸山さんは言葉をとめ息をつく。

「うちは回覧板の順番が和田さんのひとつ前でした。父も母も働いていたので、わたしもよくお使いに出されていて、その日も和田さんの家に回覧板を届けに行ったんです。二月の寒い日で、志津さんが、寒いからちょっと寄っていきなさい、と言って、家にあげてくれた。それであったかい甘酒を出してくれて」

雛人形を見あげながら、少し目を細めた。

「そのとき、見たんです。奥の部屋に雛人形が飾ってあるのを。赤い段の上にきれいな人形がならんでいて。この家は夫婦ふたりで、お子さんはいなかったはず。なのになんで雛人形が飾ってあるんだろう。少し疑問に思いましたが、あまりにもきれいだったので、そんなことはすべてどうでもよくなってしまって」

丸山さんの家には雛人形はなかったらしい。丸山さんのお父さんは仕事に恵まれず、ひとところに落ち着くことができなかった。お母さんの両親も早くに亡くなっていたので、雛人形などとても買う余裕がなかった。段飾りの雛人形を見るのは生まれてはじめてで、そのうつくしさにすっかり心を奪われてしまった。

「わたしが甘酒を飲んで器を返すと、志津さんはちょっと待っててね、雛あられもあるからおうちに持って帰って食べてね、と台所にはいっていきました。わたしはだれもいないのをいいことにドアの近くまで行って、お雛さまをこっそりのぞきました」

そのとき台所の方で電話が鳴った。志津さんは電話に出たようで、なかなか戻ってこない。丸山さんはお雛さまを近くで見たい、という気持ちをおさえられず、雛人形が飾ってある部屋にはいりこんでしまったらしい。

「近くで見るお雛さまはほんとにきれいだった。夢の世界みたいでした」

内裏雛の女雛は衣装も豪華でとてもうつくしかったが、それ以上に丸山さんの心をとらえたのが三人官女だった。

「ほっそりした身体にすっきりした色白の顔。自分はとうてい女雛のようにはなれない、でもこの三人官女のようになれたら、と思ったんです。とくに右端の長柄を持った官女は顔が志津さんに少し似ているような気もしました。そっと手に取りました。黒くて長い髪も、つぶらな瞳も、小さな唇もとてもとてもかわいくて……」

丸山さんはそこまで言うと目を伏せた。

「気がつくと、その三人官女を胸に抱えて、外に飛び出してしまっていました。そのままわけもわからずに走って……。だいぶ離れたところまで来て、手の中の人形を見て、とんでもないことをしてしまった、と思いました。人さまのものを盗んでしまったんです。返しに行かなければと思っても、志津さんのおだやかな顔を思い出すと……。あの人にものを盗むような子だと思われたくなかった」

家にも帰れず、外を歩いているうちに雪が降ってきた。人形を守ろうと上着のなかに入れ、どうしようもなくなって公園の東屋（あずまや）にいたとき、帰りが遅いのを心配した母親がやってきた。

「母にはひどく叱（しか）られました。そして、上着のなかに隠した雛人形も見つかってしまったんです。母はおそろしい顔で怒りました。わたしは謝って、謝って、泣きながら、借りただけだと嘘をつきました。母はそれでさらに怒って、返しに行くから、とわたしの上着の袖（そで）を引っ張って」

ふたりは和田さんの家に行った。丸山さんのお母さんは土下座して志津さんに謝ったらしい。丸山さんも自分がどんなに悪いことをしたかに気づいて、となりに膝（ひざ）をついた。お母さんが泣いているのがわかって、頭の中が真っ白になった。

「そしたら、志津さんが微笑んで、『ちょっと貸しただけだもんね』って言ってくださったんです。わたしはその言葉でついに大泣きしてしまいました。そして、そのときに聞いたんです、和田さんのおうちになぜ雛人形があるかを」

二軒家の雛人形の謎。なぜ女の子のいない家に雛人形が眠っていたのか。ずっと気になっていたことだった。

丸山さんの話によると、川越に越してくる前、和田さんの家には女の子がいたのだという。家を借りることにしたのも、娘を育てる上で、もう少し広い家に住みたいと思っていたからしい。

女の子が生まれたとき、志津さんの両親から立派な雛人形が贈られた。だが、その子は三歳を迎える前に亡くなってしまった。二軒家に越してくる少し前のことだ。流行り病で突然高熱が出て、ほんの数日で亡くなった。

「その女の子、名前は？」

ふと思いついて訊いた。

「みこちゃん、って志津さんは言ってました。どういう字かは知らないのですが」

みこちゃん。やっぱりだ。二軒家が言っていたのと同じ名前。

「家を借りることにしたのはみこちゃんのためだったのに、越してくる前にみこちゃんは亡くなってしまった。越してきたとき、志津さんがさびしそうに見えたのはそのせいだったのだと気づきました」

立春がきて、志津さんはみこちゃんのお雛さまを飾った。もうみこちゃんはいないけれど、飾らずにはいられなかったのだろう。

「でも、それはもう今年かぎりにするつもり。志津さんはそうおっしゃいました。旦那さまからも旦那さまのご両親からも、そういうことをしていたら次の子が来なくなるかもしれない、と言われたそうです。もうこの雛人形を飾ることはない。だからその人形はお嬢さんにさしあげます、と」

丸山さんは声をつまらせた。

「母はもちろん、とんでもない、と首を横に振りました。記念のお雛さまに手をつけるなど許されないことだ、と。わたしも涙でぐしゃぐしゃになりながら、必死に謝りました。床に額がつくほど頭をさげて。志津さんは、泣かなくていいんですよ、だってもともと貸しただけですから、って」

二軒家の言っていたことの意味がだんだんわかってきた。二軒家はこの人形の持ち主をみこちゃんだと言った。だが、みこちゃんがどんな人か訊いても答えなかった。それは和田さん夫妻がこの家に来る前にみこちゃんが亡くなっていたからだ。

二軒家はみこちゃんを見たことがなかった。名前は知っていたが、姿は知らなかったのだ。

そして、三人官女を「あげた」か「貸した」かした、と言った。相手は女の子。丸山さんのことだ。「あげた」のか「貸した」のかはっきりしなかったのは、志津さんがそのとき「貸した」と言ったから。

「志津さんは言ったんです。もう飾らなくなるものだけど、記念だから全部をさしあげることはできない。でも、ひとつだけでもあなたが持っていてくれたら、みこの命が受け継がれたみたいでしょう? きっとその人形はあなたを守ってくれる。人形もそう思って、あなたを呼んだのかもしれない」

志津さんの気持ちを考えると胸が苦しくなった。

「母もわたしもうなずくことはできず、ただじっと黙ってうつむいていました。どうしても気になるようなら、いまのまま『貸した』ってことにしましょうか、いつかあなたが無事成長したら返しに来てください、って。それを聞いた母はもう断ることができず、大事にします、ってふたりで何度も頭をさげて、人形を家に持ち帰ったんです」

丸山さんはそう言うと、もう一度雛壇を見あげた。

持ち帰った人形は家に飾り、雛祭りの季節が終わると大事にしまった。そうして毎年雛祭りの季節になると人形を出し、家のなかに飾っていたらしい。

その後、和田さんの家にはふたり男の子が生まれた。志津さんも元気になり、日々忙しそうにしていた。丸山さんは毎年雛祭りの季節には和田さんの家にあいさつに行き、人形を陰干しするのを手伝ったという。

「雛人形はときどき風にあてないと、カビが生えたり虫がついたりするそうです。だからそうやって年に一度、箱から出して手入れをしていました。巻いていた和紙を外し、あたらしい筆でお顔の埃をはらって、もう一度和紙を巻いて、紙縒りで結ぶ。虫除けに和紙に包んだ赤唐辛子を入れて、和紙でくるみ、箱に戻す」

そういえば天袋から出てきたときも、人形は和紙に包まれていた。繭にくるまれて箱のなかで眠るように。

「虫干しはたいてい男の子たちが外に遊びに行っているあいだに行いました。畳の上にならんだお雛さまはとてもきれいで。でも、もうあんなふうに赤い雛壇にならぶことはないのだな、と思うと、少しかわいそうにも思いました。だから、いまこうしてお雛さまが段にならんでいるのを見て、ほっとしました」

丸山さんの目に涙がにじんでいる。

丸山さんのお父さんは親戚の誘いで郷里で仕事をすることになり、一家は引っ越すことになった。そのとき和田さんにもあいさつし、いつか人形を返しにくる、と約束した。

お父さんの仕事も安定し、暮らしも楽になった。やがて丸山さんも就職し、職場の上司の紹介で結婚した。

子どもも生まれた。男ひとり、女ひとり。女の子には小さいながらも雛人形を買い、その人形を飾るときに和田さんの三人官女もいっしょに飾った。夫の転勤であちこちを転々とし、子どもも成長してふたりとも結婚した。

「ずっと人形をお守りのように思ってきたんです。和田さんとは年賀状だけのつきあいになってしまいましたが、いつかは人形を返しに行かなければ、とずっと思っていました。五年ほど前に夫が定年になり、久しぶりに川越の近くに戻ってきました。でも、和田さんはもう息子さんの家の方に行ってしまっていて」

丸山さんは空き家になった二軒家を訪ねた。和田さんの家は残っていたが、となりは火事でなくなっていた。小さな男の子たちがいたころのにぎやかな様子を思い出し、年月が経ったことを感じた。

「年賀状に書かれた番号に電話して、久しぶりに志津さんと話しました。二軒家はもう引き払って、そのときにお雛さまも置いてきてしまった。自分は介護施設にいる身で、人形を受け取ることができない。できるならあなたの手元に置いておいてください、って」

そう言うと、両手で顔をおさえた。

「なんだか申し訳なくて。でも奥さんは、わたしが無事に結婚して子どもを育てあげたことをとても喜んでくださった。そうして、あれはあなたにさしあげたものですから、と。人形もあなたを守ることができて、きっとしあわせだっただろう、と」

雛人形を見あげる。毎年出していたからだろうか、丸山さんのところにあった長柄を持った三人官女だけが少し古びているように見える。だが、手入れは行き届いていた。きっと大事にされていたんだろう。

「返すことができなかった、とずっと気になっていました。それでこの前、町のなかで二軒家の雛人形が展示されるっていうチラシを見て、びっくりしたんです。まさか、って。それで一度昼間に見にきました。見てすぐに思い出しました。あのとき、二軒家で見た雛人形だって。でも、三人官女の右の場所が空いていて、居たたまれなくなった。今度こそ返さなければ、と」

「すでに一度見にいらしていたんですか」

「はい。実は何度かお邪魔しているんです。でも、ほかの人がいるときには声をかけにくくて」

やってきたときどこかで見かけた気がしたのはそのせいだったのか。

「ありがとうございます。こうして展示してくれて。おかげでようやく人形を返すことができました」

丸山さんは立ちあがり、雛壇に近づく。

「でも、いいんですか、ずっと手元に置いていらしたものなんですよね。手放してしまっても大丈夫なんでしょうか」

「もともとは和田さんのものですし、返すことができてほっとしてます。ずっと、この人形をお返しするためにがんばってきたような気がするんです。人形もきっとここにいた方がいいでしょう」

雛壇の横から、長柄の三人官女の頭をそっとなでた。

「わかりました。説明にも書きましたが、二軒家は昭和の暮らしを見られる資料館にするために改修するそうです。今年はその作業があるのでこちらに雛人形を展示しましたが、来年からは二軒家で展示されるはずです」

「はい、読みました。あそこにまた飾られるんですね、この雛人形」

丸山さんが大きく息をついた。

「もしできたら和田さんに、三人官女が戻ったことだけお伝えいただけますか？　わたしからも志津さんにお手紙を書こうと思いますが、今年は年賀状を送ってもお返事がなかったので……」

もうかなり高齢だし、体調が悪いのかもしれない。佐々木さんが和田さんに三人官女のことを訊いたときも、母には今度会いに行ったときに、というあいまいな答え方だった。それもそのせいかもしれない。

「わかりました。大家の佐々木さんにそう伝えておきます」

「お願いします」

丸山さんが頭をさげる。

「ああ、それから……」

そう言うと、カバンのなかに手を入れ、小さな包みを取り出した。

「貝合わせのワークショップというのもされてるんですよね。チラシを見ました」

「ええ」

「ぜひ参加したいと思ったのですが、週末はなかなか都合がつかなくて。だから家でひとつ作ってみたんです。ここに飾られていたのを参考にして」

包みを開くと、はまぐりが出てきた。受け取り、貝を開く。なかはきれいに金色に塗られ、小さな女の子の顔が描かれていた。にこにこ笑っていて、とてもかわいく、やさしい顔をしていた。

「これもどうかおさめてください。みなさんの作ったものの仲間にしていただけたらうれしいです」

「かわいいですね。わかりました。ありがたく受け取ります」

僕がそう答えると、丸山さんははじめてほっとしたように笑った。

その夜、僕は佐々木さんに連絡して、三人官女が戻ってきたことを告げた。

くわしいことは言わず、あの雛人形はやはり和田さんのものであること、三人官女のひとつを預かっていた人が返しにきたということだけ話し、志津さんにそのことを伝えてほしい、と頼んだ。

── 7 ──

翌朝、ワークショップのためにべんてんちゃんが二階にあがってきた。どうなるかな、と思いながらそっと見ていると、一瞬雛壇を見て作業にうつろうとしてからはっとした顔になり、もう一度雛壇に目を戻し、驚きの声をあげた。

「え、なんで？　三人官女がそろってる」

そこに安西さんがやってきた。

「安西先輩、見てくださいよ、三人官女が三つあるんです」

「え？　なに？　どういうこと？」

言われたことの意味がわからなかったらしい。安西さんは戸惑った顔で雛壇を見る。

「三人いる」

そう呟いて、ぽかんとした。

「どうして……？」

そのままふたりで雛壇の前に立ち尽くしている。

「遠野先輩」

急にべんてんちゃんがこっちを見た。

「なにがあったんですか。先輩は知ってるんですよね」

べんてんちゃんが食い入るように僕を見た。

「いや、まあ、いちおう……」

ごまかそうとして口ごもる。なんて説明しよう。

「いや、実はね、朝起きたら玄関の前に置かれていたんだよ、『ごんぎつね』みたいに」

「ほんとですか？」

冗談のつもりだったのに、べんてんちゃんも安西さんも目を丸くする。

「あ、いや、それは冗談で……」

「え？」

ふたりは少し呆気（あっけ）にとられたような顔になったあと、顔を見合わせた。

「どうかした？」

「いえ、遠野先輩が冗談を言うなんて……」

「ちょっと意外で、びっくりしました」

ふたりにそう言われて、なんと答えたらいいかわからなくなる。

「ごんぎつね……」

べんてんちゃんが急に笑いだした。

「どうしたの？」

「いえ、月光荘の前にごんが来てたところを思い浮かべちゃって……」

「木谷先生の冗談みたいですね」

たしかに木谷先生だったらそういうことを言いそうだ。

「研究室にいるうちに性格までうつったかな」

ごまかし笑いをすると、安西さんも、そうですね、と笑った。

「で、ほんとはなんだったんですか？」

「うん。実はね、近所の人が届けてくれたんだ。むかし二軒家のそばに住んでいた人で、和田さんの奥さんから三人官女のひとつを預かっていたんだって。それを返しにきてくれたんだ」

あたりさわりのない言い方で説明した。

「ああ、そういうことだったんですね」

安西さんがほっとしたようにうなずく。

「じゃあ、展示したり宣伝したりしてよかったですね」

べんてんちゃんが言った。

「そうだね。その人もずっと返したいと思っていたみたいで。宣伝チラシを見て来てくれたんだよ」

そこはほんとのことだった。

「こうしてそろっていると、やっぱり落ち着きますね。人形の配置が上の段から、二、三、五、二、三ってなっていて、バランスがいい。考えられているんだなあ」

安西さんが雛壇を見ながら微笑んだ。


その日は貝合わせ作りのワークショップの最終日だったから、来客も多かった。

親子連れもたくさん来て、子どもたちはだいたいみんな自分で好きな絵を描いた。いっしょに来た大人も、絵が好きな人は自分で描き、苦手という人は型紙を使ってステンシルにしていた。

綾乃さんも悠くんを連れてやってきた。悠くんはいろいろ考えて二軒家と似た家を描き、綾乃さんは型紙を組み合わせて雛祭りらしい柄を作っていた。

それから、豆の家の佐久間さん、藤村さん、笠原紙店の笠原先輩と美代子さん。みんななかなか絵心があり、佐久間さんは珈琲豆、藤村さんは和菓子、笠原先輩は青海波、美代子さんは千鳥、と日本的な文様を器用に描いていた。

羅針盤の安藤さんは末次さんの家族といっしょにやってきた。末次さんは月光荘に雛人形があるのがうれしそうだった。二軒家からの借り物だということにちょっとがっかりしたみたいで、月光荘にもお雛さまがほしいわねえ、と笑っていた。

次の土曜は、貝合わせの大会が行われた。僕たちが決めた月光荘ルールで試合を行う。一試合に使う貝は六十対。貝が三百六十対以上できたので、一度に六試合組むことができた。出貝を出す役は、桃子さん、綾乃さん、安西さん、豊島さん、べんてんちゃんともうひとり木谷ゼミの三年生がつとめることになった。

参加希望者は二十四人。笠原紙店の美代子さんや豆の家の藤村さん、そしてなんと木谷先生も出場するらしい。

美代子さんと藤村さんは着物姿だ。ふたりともなかなかの集中力で、一回戦を突破した。だが、勝つ気満々で挑んだ木谷先生は、小学生を相手に一回戦であえなく敗退。やっぱり子どもの観察力にはかなわないなあ、とぼやいていた。

ひとり欠席が出て、相手を不戦勝にしてもよかったが、べんてんちゃんに、せっかくだから遠野先輩、出てください、と言われた。観察眼には自信がないし、最初はためらったが、まあ、人数合わせだし、と参加することにした。

だが試合がはじまってみると、けっこう本気になってしまった。出貝の外側の柄を見ながら似た柄を探していく。貝の柄なんて似たようなものだと思っていたが、意外とちがう。だが、似たようなものも必ずいくつかあって、なかなかひとつに決められない。

対戦相手は小学生の女の子で、感覚でぱっと選ぶ。もちろんまちがえるときもあるのだが、選ぶのが早いから結局どんどん取られてしまう。

これはまずい。地貝の数も減ってきて、あせりが募る。

ずかしい。もう勝とうなどとは思わない。しかし、一組も取れないのはさすがに恥
べんてんちゃんが出貝を置く。柄を見て、順番に地貝を見ていく。どれも似てない。わからない。どこだ？

「モリヒト、テマエ」

そのとき声がした。月光荘の声。

テマエ？　手前ってことか？　目を落とす。僕のすぐ近くに一枚だけ残った貝。似ている。出貝の柄に似ているように見える。

僕はその貝を取り、出貝を手にした。ふたつを重ねる。

かちり。小さな音を立て、貝がぴたりと重なった。

あたりだ。やった。

貝を開く。そこにはべんてんちゃんの描いたあの変なゆるキャラみたいなものがにっこり笑っていた。

僕はそのあとひとつも貝を取ることができなかった。ひとつだけ取れた貝も、僕の力ではなく月光荘の力だ。だれにも聞こえていないが、ほんとはズルである。僕ひとりではひとつも取れなかったということだ。なんだか猛烈にくやしかった。

僕の対戦相手だった小学生の女の子はどんどん勝ち進み、決勝でも圧倒的な勝利をおさめて優勝した。僕は最初から強敵とぶつかってしまった、ということらしい。それでも負けたのはやはりくやしく、来年までに練習しておこう、と思った。

優勝した女の子には主催者の佐々木さんから、手作りの賞状と景品が渡された。

試合が終わり、日曜はワークショップもない。それでもけっこうお客さまは来た。みんなのんびりと座ってお雛さまをながめ、桃子さんのふるまう甘酒を飲んだりしている。天気もよく、なごやかな時間が過ぎていった。

午後になって、佐々木さんがおばあさんと若い女性を連れてきた。志津さんとそのお孫さんの涼香（りょうか）さんだった。

長男の征也さんから三人官女の話を聞くと、志津さんはどうしても雛人形を見に行きたいと言ったらしい。年末に風邪（かぜ）を引いて身体を壊していたが、回復し、外出もできるようになっていた。

征也さんは忙しく、川越まで志津さんを連れていくことができない。だが、ふだんはほとんど無理を言わない志津さんがめずらしくどうしても、と言うのを聞いて、大学生の涼香さんが自分が連れていく、と名乗り出たらしい。

志津さんは感無量だったようで、雛壇の前に座り、長いことじっと人形を見つめていた。涼香さんは桃子さんの甘酒を飲んだり、べんてんちゃんたちと話したりしている。

しばらくして、丸山さんがやってきた。今度は志津さんと連絡がついて、この日やってくることを電話で聞いていたようだ。雛壇の前に座った志津さんを見ると、はっと息をのみ、前に腰をおろした。

「久美子（くみこ）ちゃん？」

志津さんが言うと、丸山さんはこくりとうなずいた。

「ああ、よかった。元気そうで……」

志津さんがうなずきながら涙ぐむ。

「人形、ありがとうございました。長いあいだずっと、わたしを守ってくれました」

丸山さんが手をつき、深く頭をさげる。志津さんは、よかった、よかった、とだけ言って、丸山さんと抱き合った。

みこちゃんを守るはずだった人形が、丸山さんを守ってここまで来た。

人形が子どもを守るなんて非科学的だと言う人もいるだろうけど、僕には家の声が聞こえる。月光荘に守られていると感じることもあるし、二軒家は僕に雛人形のことを教えてくれた。僕には人形の声は聞こえないが、なにかの力を持っていてもおかしくない。

人形を見ていると、ふと『奥の細道』の序文にある「草の戸も住み替はる代ぞ雛の家」という句を思い出した。自分が出た庵にあたらしい家族がはいり、雛が飾られるようなにぎやかな家になった、という意味だったと思う。

芭蕉は人生の最後に家を捨て、旅路で死んだ。家を離れることで、芭蕉の精神はまっとうされたのだろう。家とは命を守るもの。それを捨てなければたどりつけない場所もあるということなのか。

長い年月を超えて、志津さんと丸山さんがふたたび雛人形を前にしている。ふたりの姿を見ていると、生きていくのはたいへんなことなんだな、と思う。

窓からあたたかな日が差しこんでくる。あちこちで梅が見ごろをむかえ、春らしくなってきた。冬のあいだ眠っていた命も目を覚ますだろう。

雛の家。いまここは雛の家だ。

人形が守るべき女の子はもういない。使命から解き放たれた人形たちがしずかに微笑み、永遠の時間のなかにたたずんでいるみたいだった。

第二話

オカイコサマ

——1——

三月の終わりの水曜日、木谷先生の研究室に田辺、石野、沢口が遊びに来た。

みな木谷ゼミの卒業生で僕と同期。大学は春休みだが、木谷先生は新学期の準備、僕は修論のための調べものがあって、毎日のように大学にいた。

田辺は高校教師で学校が春休み、販売職の沢口は毎週水曜日が休み。石野はめでたく会社を辞め、転職活動中らしい。秋の大学祭のときから辞めたいとぼやいていたので、せいせいした、という雰囲気だった。

「会社もいろいろ大変だっていうのはわかりますけど、それにつきあって自分の時間を全部捧げるわけにはいきませんよ、自分の人生ですから」

石野が口をとがらせながら言う。年明けに正式に退職して、まだ次は決まっていないようだが、顔色はだいぶいい。思い出してみると秋に会ったときはもっと痩せて、疲れ切った表情だった。

「それで、次、決まりそう？」

姐御肌（あねごはだ）の沢口が訊（き）く。

「うーん、いろいろ探してるし、誘われてるところもあるんだけど……。今度は慎重にいこうと思って」

「石野ちゃんは意外と頑固なとこがあるからなあ」

沢口が笑った。

石野は小柄で色白。どことなく子鹿（こじか）を思わせるかわいらしい顔つきで、出会ったころはあまりしゃべらなかった。だからみんな、おとなしくて臆病な性格だと勝手に思いこんでいたが、慣れてくると全然ちがった。

繊細で神経質。しかも意外と頑固で、こうと決めたら絶対にゆずらない。子鹿というより羊なのかもしれない。自分の信念を曲げられそうになると、あらあらしく角（つの）で頭突きしてくる。

卒論のときも、納得しないかぎりは木谷先生の助言にも絶対にしたがわなかった。折り合いをつけるのは苦手。でも自分で決断するのも苦手。方針が決まらず、長々とひとりでいつまでも悩んでしまう。

沢口は現実的だし、田辺は柔軟なタイプで、ふたりが石野をとりなし、なんとか落としどころを見つける、というのがお決まりのパターンだった。

僕は、と言うと、そういうときはまるで役に立たない。石野の気持ちもわかる、だがそれでは埒があかないこともわかる、どうしたらいいのかさっぱりわからない、といった具合で、どちらかというと僕も石野に近いタイプなのかもしれなかった。

「そんなことないよ！　卒業してだいぶ変わったし！」

石野がムキになって答える。そういうところがだな、と田辺が笑った。

「大学生のときは就活が嫌すぎて、早く終わらせたいから決めちゃったようなところもあって……。わりと有名企業だったし、安直に、やったー、って思っちゃったんですよね。でも向いてなかったんだなあ」

石野が就職したのは不動産の賃貸と売買を行う大手仲介会社だった。

「お客さまのしあわせのお手伝い、なんてきれいごとを言う気はなかったんですよ。それでも、結婚して新居をかまえる人とか、独立して新生活をはじめる人のサポートだったら、営業もそんなに悪くないかな、って。なのに配属されたのは法人相手の部門で……」

電話帳を片手に毎日朝から晩まで電話をかける。飛びこみ電話だから、移転を考えている会社に当たることなどほとんどない。

「もう、この電話がプレッシャーで。だって全然知らない人にいきなり電話かけるんですよ。会社が相手だから怒鳴られることは滅多にないですけど、一言で切られちゃうことも多くて。ああ、人間扱いされてないんだなあ、って」

「そこは金のためと割り切ってやるしかないよね。でも、厳しいのはわかる」

田辺がうなずいた。石野は繊細だし、割り切れないタイプだ。そういう扱いを受けたらいちいちつまずいてしまうだろう。

「でも考えたら、わたしだってそうだったなあ、って。セールスの電話とか、用件も聞かずに『結構です』って言ってさっさと切ってたもん。心がささくれだってるときはとくに。相手の言葉の途中でぶちっと切っちゃってたなあ、って。電話の向こうに人間がいる、なんて考えたこともなかった」

「電話はわたしもあんまり好きじゃないなあ。自分の時間が奪われるような気がして。だから自分からはあんまりかけないようにしてる」

沢口がつぶやく。沢口らしいな、と思った。面倒見はいいが、押しつけがましいところがない。相手の都合にいつも気を配っているし、どこか個人主義なところがあって、人に寄りかからない。

「そうでしょ？　わたしもそう思う。こんなことしたって意味ない、契約なんて取れるわけないって思ったたし。心を殺して、ロボットになったみたいな気にならないとやってられなかった」

「まあ、そうかもしれないけど」

田辺が苦笑いした。

「となりの席の同期が『今日は何件かけた、新記録だ』とか意気揚々と言ってて、前だったら単純だってバカにしてたかもだけど、なんかうらやましくて」

石野は、はあっとため息をついた。

「でも、いつのまにかその同期がいくつも成約を取ってて。どうやったんだろう、って思ったけど訊けないし。飲み会のときに彼が話してるのを聞いたんです。ややこしい条件の会社は先輩たちも面倒がって手を出したがらない。そういうときに自分がやりたい、ってプッシュすると仕事がまわってくるんだ、って」

「なるほど」

「ノルマがあるから、先輩たちはできるだけ早く成約できそうな案件だけ手がけたいわけ。その同期は残業してそういう面倒くさい案件を片づけたのね。そしたら先輩が厄介な案件を彼に振るようになった」

「そういう人が出世するってわけか」

田辺がうなずく。

「そういうこと。いつのまにか、その人が同期で業績トップになってた。一方わたしの方は、先輩が、これくらいなら大丈夫かな、と思うような案件しかまかせてもらえない。もうなんのために仕事してるのかだんだんわからなくなっちゃって」

「それは向いてなかったのかもねえ」

沢口が言った。

「石野ちゃんは仕事自体に意味を求めるっていうのかな。お客さんが本当に満足してくれるかどうか真剣に考えちゃうんじゃない？」

「そうかも」

思い当たるところがあるのか、石野がぼんやりうなずいた。

「だから件数をかせぐっていう発想ができない。まあ、ノルマがあるような仕事は向かないのかもね」

沢口がため息をつく。

「じゃあ、どんな仕事ならいいの？」

石野が詰め寄った。

「さあ、それはわたしにも……」

沢口が困った顔になる。

たしかに田辺は教師に向いてるし、沢口は接客に向いている。ふたりとも自分に合った仕事に就いている。

だが石野は？　それに僕もだ。そろそろ大学院を出たあとのことを考えなければならないのに、まだなにも定まっていない。

「教育関係とかが向いてるんじゃないか」

ややあって、木谷先生が言った。

「ええーっ、教育関係？　わたし、教師だけは嫌なんですけど」

石野が不満そうな顔になる。

「なんで？　向いてそうだけど？」

田辺が首をかしげた。

「なんか責任重大じゃないですか。子どももひとりひとりちがうし、なにが正解かわからないし」

石野はうろたえている。

「そういうとこが教師に向いてるとこかもしれないなあ」

木谷先生が笑った。

「え、どうしてですか？」

「まあ、そもそも教師っていうのは、子どもに正解を教える職業じゃ、ないんだけどね」

「それはわかってますけど……。でも、ある程度はなんていうか、あるじゃないですか、基準っていうか？　けど、それだって、うーん」

石野が腕組みした。

「そもそも正解なんてものもないしね。自分がどう進むか考えられる人間に育ってくれればいいわけだけど……。けど、世の中が求めてるのはそれとは逆だよね。自分で考えない人間。その方が効率がいいってことなのかなあ」

木谷先生がぼやいた。

「考えない方が楽かも、って思うときはありますよ。っていうか、考えはじめた途端もう死にそうになる。そうならないようにSNSとかスマホゲームとかで時間潰してるようなとこもあって。疲れ切ってると本も読めなくなるんですよねえ」

石野が肩を落とし、目を閉じた。

「僕からすると、こうやって考えることができる君たちはほんとに優秀で、もちろんみんな欠点や弱点もあるけどさ、それを活かせない社会ってなんなんだ、って情けなくなる」

木谷先生がため息をついた。

「俺たちが優秀かどうかはわからないですけど……。さっき石野が言ってた『子どもはひとりひとりちがう』っていう考え方、ほんとに大事だと思うよ」

田辺が言った。

「そうか、田辺もいまは教師なんだっけ」

木谷先生が微笑んだ。田辺は川島町という川越のとなり町にある私立高校で国語の教師をしている。

「なんか、信じられないですよね」

田辺が照れ笑いした。

「教師、やっぱりわたしにはできないよ。子どもは嫌い……っていうか、苦手なんだよね。どう接したらいいかわからない。ほんとは子どもじゃなくて、そういう自分が嫌いなのかもしれないけど。だから小中学生は絶対無理。高校生になると、今度はこっちがいじめられそうで怖い」

石野は泣きそうな顔だ。

「いじめられる！　石野ちゃんらしいわー」

沢口がけらけら笑った。

「でも、怖いっていうのはわかるよ。子どもはみんなちがう。大人になるとそういうところ隠して人と接するけど、子どもはけっこうむき出しでくる。自分の考えが及ばないところをいきなり突いてきたりする。だから怖い」

　田辺がうなずいた。

「君たちもそうだったよ」

　木谷先生が笑った。

「え？　わたしたちもですか？」

　沢口が目を丸くした。

「そうそう。学生と接するときはびくびくしてるよ。こっちもプロだから、悟られないようにしてるつもりだけど、ばれてるんじゃないか、っていつもひやひやしてる」

「そうなんですか？」

「読み合いだよ、読み合い。そっちも僕のこと読んでるんだろうけど、こっちも見てる。沢口さんみたいにそつがないタイプが実はすごく怖い。大人と同じように相手に本心を気取られないようにガードしてるからね。でも、やっぱりある程度わかるよ。あ、不機嫌になったな、いまの僕の発言はまずかったな、とか。そしたら軌道修正する」

「ああ、やっぱり。そうだったんですね。ときどきそういうの感じてました。見透かされてるなあ、って。やだなあ」

　沢口はめずらしく情けない表情になった。

「年の功もあるから」

木谷先生がにんまりした。

「こっちも完璧な人間じゃないからね。完璧な答えなんてないし、なにごとも結局やってみないとわからない。それに別の選択肢を選んだ未来を体験できるわけでもない」

「そこなんですよ。自分がまちがえたために取り返しのつかないことになっちゃったら、って思うと、怖くて……。だから判断に時間がかかるんですよねえ」

石野がぶつぶつつぶやく。

「石野はなあ、石野自身が『永遠の子ども』だから」

田辺が笑う。「永遠の子ども」とは、沢口が石野につけたあだ名である。

「どういう意味？」

石野が田辺をにらんだ。

「褒めてるんだよ。現場にいると、そういう教師って必要だと思うんだよね。本人は考えすぎて疲れちゃうかもしれないけど」

「そうだなあ、踏みこんじゃいけない領域もあるけど、しっかり向き合わなくちゃならないときもあるから。バランスが取れるようになるのがプロになるってことなんだろうけど、それだけじゃないからね」

木谷先生がうなずく。

「俺も向いてないんじゃないか、ってしょっちゅう思うんです。けど、ある程度は大雑把に考えようって。新米に当たっちゃった生徒には申し訳ないけど、とにかくがんばって続けるしかないですからね」

田辺がははははっと笑った。

「そういうもんなのかなあ。ところで、遠野くんはどうするの？　修士課程終わったら。博士課程に進むの？」

石野が子鹿のような目で僕を見る。田辺と沢口もちらりとこっちを見た。

「まあ、そこはまだ……。決めてないんだ」

もごもごと口ごもる。石野が、そうなんだ、とつぶやいたあと、みんな黙ってしまった。

「あ、もうこんな時間か。みんなこのあとはなんか予定ある？　久しぶりに飲みに行かないか」

なにか答えないと、と思っているあいだに、木谷先生が言った。助け舟を出してくれたのかもしれない。みんな即座に同意し、研究室を出ることになった。

2

そのあとは池袋(いけぶくろ)のいつもの居酒屋に行った。木谷先生は、みんな社会人だし、もうちょっといい店でもいいんじゃないの、と苦笑いしていたが、田辺たちは学生時代の思い出のあるこの店じゃないと、と言い張った。

ゼミでよく使う奥の座敷にあがる。ビール、枝豆、サラダ、刺身盛り合わせ、唐揚げ、おでん。定番のメニューを注文し、変わってないねえ、と言い合っている。

学生向けのお手ごろ価格で、広いからいつ行ってもたいていはいれる。それでゼミの飲み会はいつもここだった。いまでも学生たちとしょっちゅう来る店だから木谷先生や僕からするとありがたみはないのだが、彼らからするとなつかしい場所なんだろう。

研究室ではお互いの近況がおもな話題だったのに、ここに来たら急に思い出話が増えた。ゼミではじめて顔を合わせたときのことや、校外研修や合宿のこと。卒論に苦しんだ日々のこと。昨日のことのようで、タイムスリップしたみたいな気持ちになる。

つまみがなくなってくると、また石野の転職話に戻った。石野の話は例によって堂々めぐり。酒がはいったこともあり、学生時代と同じように田辺や沢口に説教されていた。

十時過ぎまで店にいたが、沢口が明日は仕事だから、と言い、田辺も明日は登校日とかで、石野はまだ飲みたがっていたが、結局お開きになった。そのあたりは自由だった大学時代とはちがう。みんな社会人なんだな、と思う。

池袋の駅まで出て、沢口と木谷先生はＪＲへ。和光市の家に帰る石野、ふじみ野の実家に帰る田辺とともに東武東上線のホームにのぼった。

「田辺の通ってる学校って、川越の近くって言ってたよね。なんて町だっけ」

電車を待つあいだ、石野が訊いた。

「川島町。川越のとなり町みたいなものだけど、電車は通ってないんだ。川越か桶川からバスに乗るしかない。繁華街みたいなものはないし、まあ、田園地帯だな」

「へえ。それで、ふだんはそこに住んでるんでしょ？　不便じゃない？」

「まあね。でも車あるし」

「それなら、川越か桶川に住んだらいいじゃない。なんでそこに住むことにしたの？」

「いや、むかし住んでたこともあるし、馴染みがあったから……」

「え、そうなんだ。前にも川島町に住んでたの。知らなかった」

田辺の両親は、田辺が高校生のときに離婚している。それで田辺はお母さんとお姉さん、妹さんとふじみ野の駅前のマンションに越したのだ、と言っていた。

田辺のお父さんお母さんがどんな人なのか、なぜ離婚したのか、くわしいことは知らない。田辺は家の話をしないから、ずっと田辺の親が離婚していることすら知らなかった。知ったのは卒論提出の少し前。

田辺は達観した感じで、離婚当時どうだったのかはわからないが、少なくともその時点では気持ちの整理がついているように見えた。

そのあとも少なくとも僕はそのことについて突っ込んだ話はしていない。なにかの話のついでに、うちの母親もけっこう強い性格だから、と言っていたのを聞いたくらいだ。沢口はわからないが、石野もたぶんくわしいことは知らない。

「じゃあ、高校生まで川島町にいた、ってこと？」

「いや、そうじゃないんだ。そのころは親父の仕事の都合でさいたま新都心にいた。川島町に住んでたのはもっと前。俺が小学校低学年だったころまでだな」

「ふうん。でも、実家、ふじみ野でしょ？　車あるならふじみ野から通えばいいのに」

「いや、俺も最初はそのつもりだったたし、実際最初はそうしてたし、いまも住所はふじみ野で、川島町にいるのは平日だけなんだけど……」

田辺が口ごもる。

「あ、もしかして……」

石野が田辺を見あげた。

「彼女できた？」

「え？」

田辺がぎょっとしたような顔になった。

「図星でしょ。川島町に住んでる彼女のとこに居候してるとか？　同僚？」

「ちがうよ」

即座に否定する。

「怪しいんですけど」

石野が田辺をじろっと見た。

「いや、ほんとちがうんだ。川島町には祖父母の家があるんだよ。俺たちが小さいころにそこに住んでたのも、近くにじいちゃんばあちゃんの家があるから。母親も働いてたから、じいちゃんばあちゃんの助けが必要だったわけ」

「なんだ、そういうことか」

石野があからさまにがっかりした顔になったとき、ホームに電車がやってきた。

田辺によると、田辺の母方の祖父母の家は川島町の古い農家らしい。田辺が高校に就職したころから祖母の具合が悪くなった。もともと身体が弱く寝こむことも多かったらしいが、一日のほとんどを眠って過ごすようになってしまったのだ。

代々農業を営んできたが、田辺の母は女ばかりの三人姉妹。ひとりだけでも婿を取って農家を継いでもらいたかったが、なかなかむずかしく、結局三人とも他家に嫁にいってしまった。家がいちばん近いのは田辺のところで、あとのふたりは静岡と大阪にいて、気軽には来られない。

結局ヘルパーを雇いながら祖父がひとりで祖母の面倒を見ているが、祖父も高齢だしまかせきりにはできない。それで川島町に勤めている田辺が学校帰りに様子を見に行くようになったらしい。

祖母が目を覚ますことは少ないので、祖父はひとりで食事をとることも多かった。料理はできるようだが、ひとりきりだと気力が落ち、食事も雑になってしまう。それで田辺がいっしょに食べるようになった。

昼間ヘルパーがいるあいだに祖父が材料の買い物をすませ、学校が終わってやってきた田辺が料理する。最初のうちは週に何度かそうやっていっしょに夕食をとり、ふじみ野の家まで帰っていたのだが、夜が遅くなりなかなか辛い。それで泊まっていく日も増えた。

田辺の姉はもう結婚して家を出ているが、妹は大学生で実家暮らし。母親は仕事で遅くなる日も多く、田辺が祖父母のところに泊まってくれればむしろ安心、ということで、平日はずっと川島町の祖父母の家で寝泊まりし、週末にふじみ野の家に帰るというサイクルができた。

ただ、いまは春休み中ということで、しばらくふじみ野の家に戻っているらしい。

「学校の先生やって、家に帰ってからはおじいちゃんおばあちゃんの世話か。田辺、えらすぎるよ」

石野はため息をつき、座席の背に身体をあずけた。

「わたしはそんなのとても無理。自分のために使える時間、なくなっちゃうじゃん」

「まあ、そうなんだけど。でも、自分のための時間があっても別にやることもないんだよなあ。もともと趣味なんてないしさ」

田辺がつぶやく。

僕も大学三年のとき祖父の介護をしていた。祖父のことは好きではなかったが、いっしょに住んでいるのは僕だけで、僕がやるしかなかったのだ。田辺みたいに自分から引き受けたわけじゃない。

「わたしだって……。別になんも特別なことなんかしてないよ。できないし。ただベッドにごろんと横たわってスマホ見たり、ゲームやってるだけだけど。でもそれがなくなったら、もたないよ。毎日なんもしてなくてもすり減ってへとへとなんだから」

「石野はほんとに正直だな」

田辺が笑った。

「あ、もう次は和光市か」

石野がドアの上の表示板を見てつぶやく。

「今日はいろいろ話せて楽しかった。ありがとう」

「じゃあまたな」

田辺が言った。

「今度会うときは仕事、決まってるといいんだけど……」

石野がつぶやく。

「大丈夫だろ。がんばれよ」

田辺があっさりそう言った。

石野がおりていき、田辺とふたりになった。

「石野、大丈夫かな」

窓の外の暗い景色をながめながら、ぼそっとつぶやいた。

「大丈夫だろ。石野はああ見えて図太いから」

「え、そうかな？」

田辺の言葉が意外で、訊きかえした。

「あいつは物事の判断基準がいつも自分だからね。自分にとってなにがいちばんいいか。いつもそう考えてる。やりたくないことはやらないし、できない。やろうとしても身体がついていかない。心底正直なんだよ。自分の望みを厳密に捉えようとするから、決断に時間もかかる。でも、健全だと思うよ。それに家もしっかりしてるから、路頭に迷うこともなさそうだし」

「そういうもんか」

「俺からしたら、沢口の方がいつも心配だったよ」

「沢口はしっかりしてるじゃないか」

沢口は僕なんかよりずっと強く、しっかりしている。自分の悩みを話すことはほとんどなく、いつも聞き役にまわっている。

「しっかりしてるように見えるけどさ。沢口は心のうちを明かさないだろう？　俺たちは沢口が悪いやつじゃない、ってことは知ってる。育ちもだいたいわかるし、好みもね。こういうときどう行動するか、ってこともだいたい予想がつく。だけど、沢口がなにを考えているのかだけはいつもわからない」

　田辺が少し笑った。言われてみるとその通りかもしれない、と思う。

「たしかに」

「だろ？　それとお前もだな」

「え、僕？」

「そう。お前も沢口と同じだ。いや、もっとわからん。沢口は自分で自分をコントロールして本音を出さないタイプだけど、お前はそういうんじゃなくて、生来の秘密主義っていうか……」

　そう言われてちょっとあせった。秘密主義というわけじゃない。だが家の声のことはだれにも話せない。

「だから、三年の大学祭の準備のとき、お祖父さんのことを話してくれて、ちょっとほっとしたんだ。ようやく少しだけ顔が見えたような気がして」

　呆気にとられた。田辺はそんなことを考えていたのか。

「田辺は……大人だなあ」

「俺が？　いや、ありえないだろ？」

　ぎょっとした顔になった。

「大人、っていうか……。こう、なんていうか……広々してる」

言葉に迷って、要領を得ないことを言ってしまった。

「広々してる？　なんだそれは」

田辺が困ったような顔になる。

「うまく言えない。けど、木谷先生にも似たとこがある気がする。女子の気持ちもよくわかってるみたいで。僕には、沢口も石野も同じくらいわからないし」

「沢口にはときどき、田辺は自信家だから、って言われてた。人のことなんでもわかってるような態度を取る、って。それが鼻につく、って」

田辺が苦笑いする。

「自分でもそう思うよ。中学、高校は運動部で、学校じゃかなりできる方だったから、お山の大将みたいなところがあるんだな。ついつい高い位置から人を見てる。大人、っていうより、やなやつだと思うよ。女子の気持ちがわかるのは、単に姉と妹、女ふたりにはさまれて育ったから」

「高い位置からながめると人のあれこれがわかるものなのか」

「いや、どちらかというと、大雑把に見える、って感じだな。近寄りすぎるとなんだかわからなくなることってあるだろう？」

「ああ、なるほど。田辺が広々してるっていうのも、遠くまで見渡せてる、っていう意味だったのかも」

「それは……川島町の広々した風景のなかで育ったからかもしれないなあ」

田辺が笑った。

「そんなに広々してるのか」

「してる。となりだけど、城下町の川越とはまったくちがうよ。見渡すかぎり農地ばかり。田園風景、っていうのかな。町も『都会に一番近い農村』をキャッチフレーズにしてるくらいだから」

なんだか不思議な気がした。川越は旧市街はもちろんだが、その外にもずっと住宅地が広がっている。高い建物はあまりないし、もともとは田園が広がっていたのだろうと思うけれど、広々している、という感じではない。

「うちの祖父母の家もさ、もともと農家だったから、辺鄙（へんぴ）な場所にぽつんと建ってる感じだよ。昭和初期に建て替えたけど、むかしは茅葺（かやぶ）き屋根だったとか」

茅葺き屋根はすごい。とはいえ、月光荘（げっこうそう）だって戦後築だから、昭和初期に建て替えられたなら、いまの家だって立派な古民家だ。

「川島町、見てみたいな」

「え？」

「興味があるんだ。僕は車の免許もないし、引っ越してきたけど、川越の町のなかをうろうろしてるだけで、周辺に出たことがない。だからまわりにどんなところがあるのか、ちょっと気になって」

木谷先生も授業で言っていた。町というのは単体で存在するものではない、周囲との関係を見ないとわからないところもたくさんある、と。

「なら、今度の週末に来ないか。明日、明後日は仕事があるけど、土日は休める」

「今週末？」

「急だけどさ。春休みが終わると忙しくなっちゃうから。遠野はなにか予定ある？」

「土日は基本月光荘の番をしなくちゃいけないんだけど、それはべんてんちゃんに代わってもらえるかもしれない」

「そうか」

「あとで訊いてみるよ」

そんな話をしているうちにふじみ野に着き、田辺は電車をおりていった。

―― 3 ――

べんてんちゃんにメールすると、日曜なら代われる、という返事が来た。川島町行きは日曜日に決まり、田辺から、車で川越まで迎えに行く、と言われた。

それはさすがに悪いよ、と答えたが、どうせその日は自分もふじみ野の家から車で行く、途中寄るだけだからたいした手間じゃない、ということなので、甘えることにした。

日曜の朝、田辺の運転する車に乗って川島町に向かった。高澤橋（たかざわばし）で新河岸川（しんがしがわ）を渡り、住宅街を抜けて国道二五四号に出る。そのまままっすぐ進んで行くと、広い河原に出た。

「広いなあ」

長い橋を渡りながらつぶやく。

「川が三本あるからね。最初が入間川（いるまがわ）、それから小畔川（こあぜがわ）、最後が越辺川（おっぺがわ）」

おっぺがわ、というのは聞きなれない響きで、アイヌ語起源説などもあるようだが、よくわかっていないらしい。

「川島町は、北は都幾川（ときがわ）、市野川（いちのかわ）、東は荒川（あらかわ）、南は入間川、西は越辺川で、川に囲まれた島のような土地なんだ。平らで、かつてはほとんど水田だったらしいよ。江戸時代は川越藩の穀倉地帯だったんだな」

「なるほど」

江戸時代も川越には武家や商人などたくさんの人が住んでいたんだろうし、年貢もあったわけだから、それを支える農村が必要だったはずだ。

「川に囲まれているのもあって、かなり古くから人が住んでいたらしいね。古墳群もあるし、奈良時代の塚や塚の跡も残ってる」

橋を渡ったあとすぐに国道から左にそれ、細い道にはいった。

「いま走ってるあたりは建物がならんでるけど、これは川沿いだけ。さっきの国道の右側は広大な農地だ。その広大な農地はあとで見るとして、先に醤油蔵の見学に行こうと思うんだけど……。いいかな？」

「醤油蔵？」

「老舗の醤油工場が工場を公開してるんだ。学校の視察で行ったらなかなかよかったからさ。レストランもあるから、見学したあと昼はそこで食べよう。ああ、あそこだ」

しゃべっているあいだに看板が見えてきた。横にある駐車場に車をとめる。趣のある瓦屋根の建物がそびえたっている。川越の蔵造りと似た建物だ。いまはここにレストランや醤油直売店がはいっているらしい。

工場見学はガイドツアー形式。一回目のツアー開始までまだ時間があるので、直売店をのぞいた。となりのレストランからだろうか、醤油のいい匂(にお)いが漂ってくる。店には工場で造られているいろいろな醤油や醤油加工品がならび、味見もできる。

川越の一番街の近くにも古い醤油工場があり、ガイドツアーが行われているとべんてんちゃんから聞いていた。ツアーにはなかなか行けずにいたが、古い木造の建物や、近くを通ると漂ってくる醤油の香りにはいつも心惹(ひ)かれていた。

時間になり、店の前に行くと、ツアーに参加する人々が集まりはじめていた。家族連れや年配の夫婦が多いみたいだ。僕たちみたいな男ふたりの客は見当たらない。気後れしそうになるが、田辺は全然気にしていない。

ガイドの男性のあとについて、工場の門を抜ける。まずはいちばん手前の前蔵へ。原料の大豆(だいず)を保存していた場所らしい。ここで工場の歴史や原料に関する説明を聞いてから、実際に醤油を造る仕込み蔵に向かった。

醤油の原料は大豆、小麦、塩。大豆は水に漬けこんで蒸し、小麦は煎(い)って砕く。ふたつを混ぜて種麹(たねこうじ)菌をかけ、麹を作る。麹に塩水を混ぜたものがもろみ。このもろみを木桶(きおけ)に仕込んで半年以上熟成させる。

「このもろみを桶に仕込んでいくわけですが、ここで質問です」

ガイドの男性が言った。

「ここで使うのは桶。でも樽（たる）というものもありますよね。桶と樽、どうちがうか知ってますか？」

桶と樽……？　なんだ、どうちがうんだろう。さっぱりわからない。

「材料ですか？」

小学生が言った。

「材料はねえ、ふたつとも木ですねえ。木の使い方がちょっとちがうんですが……」

「用途ですか？」

中年の男性が言った。

「そう。用途のちがいとも言えます。でももっと単純に形がちがうんですよ」

そう言われたが、みな顔を見合わせるばかり。

「じゃあ、正解を言いますね。樽には蓋（ふた）がある。桶には蓋がないんです」

あちこちから、ああーっ、という声が漏れた。

「樽は貯蔵、運搬のために使われるんですね。それに対して桶は水を汲（く）んだりするために使う。だから蓋がないんです。麹を発酵（はっこう）させるときは、桶の方を使います。では仕込みの様子を見にいきましょう」

ガイドの男性について階段をのぼる。上の階に行くと、横の窓から仕込み蔵のなかをのぞくことができた。広い体育館のような場所にいくつも巨大な桶がならんでいる。なかはどろっとした茶色いもので満たされていた。

説明によれば、日に何度か職人が櫂棒という長い棒で桶のなかを攪拌するらしい。これを櫂突きという。櫂突きによって桶のなかの微生物に空気が送られ、菌の活動が活発化する。カビを抑制する働きもある。だが、かきまぜすぎてもいけない。季節やもろみの状態によって頻度や突き方を変える。

仕込みの終わった醬油はその後、圧搾、火入れ、ろ過という工程を経て醬油になる。菌という生きものを使った作業だから、雑菌がはいるのを防ぐため、見るのはすべてガラス越しだった。

見学を終えたあと、さっきの建物のレストランにはいった。

「なんだか旅行に来たみたいだ」

木桶のうどんをすくいながら言った。

「月光荘も川越も観光地みたいだってよく言われるけど、住んでるとだんだん慣れてくるよね。それがあたりまえになってくる。この一年は引っ越しやらなにやらで旅行どころじゃなかったから、なんだか新鮮だよ」

「だったらよかった」

田辺が笑った。

「醤油工場もおもしろかった。すごいよなあ、あんな大きな桶でさ」

「むかしは味噌も醤油も家で作ってたって言うけど、俺たちはパック詰めや瓶詰めされたのを買うのがふつうになっちゃってるからね」

あたらしいこと、あたらしいものに触れるのはいつだって楽しい。大学時代ひとり旅をしたときのことを思い出していた。

「このあとは、遠山記念館ってところに案内しようと思ってるんだ。川島町いちばんの観光名所。なんでこんなものがここに、って思うくらいの大豪邸だよ」

ほんとにちょっとした旅行だな。木谷ゼミは外を歩くことが多いからゼミ生みんなでどこかに行くというのはわりと頻繁にあったけれど、田辺とふたりというのは考えてみればはじめてだ。

僕は、ふたりだけというのが得意じゃない。人といるのは嫌いじゃない。しゃべるのは好きでも得意でもないが、まわりに人がいると心休まる。ただ、大勢の方がいい。必ずだれかがしゃべってくれるから、それをぼんやり聞いていればいい。

人数が少ないと自分に話題が振られる機会が増える。相手がよくしゃべる人なら気が楽だけど、距離を詰めてくるような相手だとどぎまぎする。

だが田辺といるのはそんなに気詰まりじゃなかった。田辺の方がよくしゃべってくれるし、なによりもう慣れているというか、お互いのことはある程度わかっていて、これ以上深入りしてくることはないという安心感があるからだろう。


駐車場を出てしばらく行くと、田辺の言っていた通り広大な土地が広がっていた。見渡すかぎり農地。平べったい土地に建物もないから、どこまでも見渡せる。「都会に一番近い農村」というキャッチフレーズもなるほどとうなずけた。晴れた空の下、だだっ広い農地の真ん中を走っていると、川越からすぐの場所であることを忘れてしまう。

「面積の約六割が田畑だからね。いまでも農業はさかんだよ」

「どんなものが穫れるんだ？」

「中心はお米。もともと川越藩に献上する米を作ってた土地だからね」

ということは、夏になればこのあたりはすべて水田になるということか。一面に緑色の田んぼが広がるのか。

ところどころにある人家はふつうの現代の住宅だが、それは住みやすいように建て替えたからだろう。きっとむかしは茅葺きや木造の民家だったのだ。

大学時代、旅行で東北をめぐったときのことを思い出す。自分の名字と同じ「遠野」という地名がなんとなく気になって、ずっと訪ねてみたかった。それで、盛岡から花巻、遠野、とめぐった。

ＪＲ釜石線に乗って、花巻から遠野へ。「永遠の日本のふるさと」と呼ばれる土地を自転車で走った。曲り家、カッパ淵、オシラサマ。広がる田んぼ。

僕にはこんなふるさとはない。僕が生まれ育った家のあたりも田畑は多かったけれど、住宅地になったところも多かったし、建っているのはふつうの住宅ばかり。茅葺き屋根の民家なんてない。なのになぜか、ここがふるさとと呼ばれるわけがわかる気がした。

もしかしたら、この川島町も昭和のはじめくらいまでは遠野のような風景だったのかもしれない。ふいにそう思った。

川島町だけじゃない。東京近郊の町も、むかしはみんなああいう風景だったのかもしれない。遠野が「日本のふるさと」とか「原風景」と称されるのは、かつてはそれがあたりまえの風景だったからだ。

きっと風間の家のあった所沢の土地も、むかしはこんな風景だったにちがいない。

田んぼのなかをまっすぐ走る細い道。舗装され、整備されているけれど、農道だ。両側は一面の田んぼ。まだ土しかないけれど、夏になれば一面の緑に変わるだろう。

「交通の便も悪いし『陸の孤島』なんて呼ぶ人もいるけど、僕はいいところだと思ってる。でも、圏央道の川島インターができたからね、企業誘致も行われて、これからだんだん変わっていくのかもしれない」

この土地が変わるのは少しさびしい気もするが、町や住む人にとっては必要なことなのかもしれない。

農道のような道から、古そうな細い道にはいる。まわりは変わらず田畑ばかりで、この先に大邸宅があるなんて信じられない。

「見えてきた、あれだよ」

こんもりした緑が見え、邸宅の敷地だとわかった。前には堀のようなものまである。駐車場に車をとめ、門の前まで歩く。

ただならぬ気配に思わず足が止まる。瓦屋根のついた長屋門。その向こうに垣間見える見事な植栽。木谷ゼミでむかしの建物をいろいろ訪ねたが、それらとくらべてもここはかなり大きそうだ。

「これはたしかに驚いた。長屋門じゃないか」

門を見あげたまま、田辺に言った。長屋門といえば、武家屋敷や陣屋、裕福な庄屋などにしか見られない形式だったのではないか。

「江戸期には家の格によって許される形式がちがったんだよね。でもこれはそこまで古い建物じゃないんだ。昭和初期に日興證券の創立者の遠山元一が建てた邸宅なんだよ。長屋門もかつての大名屋敷の形式を模した、ということみたいだ」

「そうなのか」

「元一の家はこの土地の豪農で、もともとこの場所に生家があったらしい。でも、父親が没落して、土地も屋敷も取りあげられてしまった。成長した元一は日本橋に丁稚奉公に出て、そこで頭角を現して日興證券を興した。財を成してから、土地を買い戻し、母親の美以の住まいとしてこの邸宅を建てたんだそうだ」

「へえ。日興證券の創立者。それにしても田辺、町のことにえらくくわしいな。地元の人はみんなそうなのか」

「まあ、それもあるんだけど、うちは母親が教師だから。小学校で教えてるんだけど、いちおう社会科が専門でね。郷土史が好きみたいで、埼玉のことをよく調べてる。とくに故郷の川島町の歴史にはくわしくて、ここにも何度も連れてこられたから」

田辺が苦笑いする。お母さんも先生だったのか。木谷ゼミの調査のときも、ほかの学生にくらべて田辺はいろいろなことを知っていて、木谷先生から、田辺は町の見方が鋭いな、とよく褒められていた。あれは育ち方のせいだったんだな。

門をくぐり、なかに進む。右手には比較的あたらしい大きな建物がそびえていて、なかは美術館なのだそうだ。いまは展示がないのではいれないが、なかなかの規模だ。

左手に屋敷が見える。茅葺き屋根だが、格調高く、隙のない構えだ。田辺が言うには、当時はもう茅葺き屋根の建物をあらたに作るようなことはなかったようだが、生家の再興の象徴としてこの形にしたらしい。

亀甲模様の敷石の土間から居間にあがる。何度も来ているだけあって、田辺は家の造りにもくわしかった。網代天井に囲炉裏、縁なしの畳。変化に富んだ建具の格子。民家風だが、趣向が凝らされている。

左右の部屋の建具や家具も手のこんだ造りで、畳敷きの廊下もすばらしく、庭には水琴窟が埋めこまれていた。

家の声はしなかった。建物たちは常に話したり歌ったりするわけではない。どちらかといえばひっそりしていることが多い。とくに、こうしてすでに人が住まなくなり、見学客が訪れるだけの建物では、建物は眠ったようにしずかなことが多かった。

それにしても立派な屋敷だ。大きいだけじゃない。凝り方が尋常じゃない。

「すごい建物だろう？　これだけの建物はなかなかないからね。テレビのロケや雑誌の撮影なんかにも使われてる。でも、まだこれからだよ」

廊下の途中に立ち、田辺がにやっと笑う。

「実は遠山邸は三つの棟でできていてね。いままでいたのが東棟。かつての豪農の家の趣を受け継いだ茅葺き屋根の民家風。ここから先は中棟。建築様式ががらりと変わって書院造り。この中棟の大広間で来客を接待していたんだそうだ」

左に曲がると廊下が少し狭くなる。向こうから日が差しているのがわかる。突き当たって右に曲がると、左側は一面ガラス窓。庭が一望できた。

「すごい」

思わず感嘆の声をあげる。襖障子で仕切られた次の間と大広間。襖障子の上は櫛状の竹を用いた欄間。筬欄間といって、書院造りでよく使われるが、欄間のなかでももっとも格式が高いものらしい。壁もなにかきらきらと輝く粒が練りこまれた漆喰だ。

「庭に面したガラスはアメリカで作ったものらしいよ。大きいだろう？」

正方形に近く見えるほど幅の広いガラスで、こうした古い建築物では見たことがないサイズだった。

「当時国内ではあの大きさのガラスを作ることができなくて、わざわざアメリカから輸入したんだってさ。相当な値段らしいよ」

建てるのにいったいどれくらいかかったのだろうか。想像もつかない。裏にある化粧室や浴室も繊細な意匠で、昭和初期の築なのにお湯が出る設備まであったらしい。

「ここまでが遠山邸の表向きの顔。で、ここからがプライベートなスペース。元一の母、美以の居室として作られた西棟だ」

　大広間を出て、少し曲がった廊下を歩く。

「西棟は数寄屋造り。中棟より落ち着いた雰囲気になってるんだ」

　突き当たると、全体に少し細工が小さくなった気がした。扉も部屋の大きさも。廊下はコの字に曲がり、その外側に部屋がある。三つの部屋が斜めにずれて配置されているので、どの部屋も二辺が庭に面するような形になっていた。

　ひとつひとつの部屋は小さめだが、ここの造りも凝っている。縁側には黒い煉瓦が敷き詰められ、内と外の中間の空間を作っていた。

「建築の総監督は元一の弟が務めたらしいんだけど、当時の技術の粋を集めて作ったみたいだね。戦争で職人たちも亡くなってしまったから、いまはもう再現できないし、どうやって作ったかわからない部分も多いみたいなんだ」

　ここを建てたのは昭和八年から十一年。元一は経費を問わず、最高の質の建築を実現させることを望んだ。全国各地から銘木を集め、携わった職人はのべ三万五千人、関係者は十万人にのぼったのだそうだ。

民家、書院造り、数寄屋造り。それに外の長屋門と茶室。日本建築を凝縮し、結合させたような造りだ。第二次大戦で伝統技術の担い手を大勢失うことを知っていたはずもなかろうが、結果的に、この建物は失われた技術の形見になっている。

そんな建物がこの場所に建っている。田畑に囲まれ、そのままの形でしずかに。それがなんとも不思議なことに思えた。

黒煉瓦の縁側に面した七畳間にいたとき、振動音が聞こえた。田辺のスマホらしい。画面を見た田辺は、ちょっと失礼、と言って廊下に出た。

畳に腰をおろし、縁側越しに庭を見る。

「なんだかすごいところに来たな」

思わずつぶやいた。なにしろ情報量が多く、頭が疲れていることに気づく。

ここに住んでいた美以さんはどんな思いだったんだろうなあ。

ぼんやりそんなことを思った。夫が財産を使い潰し、ずいぶん苦労したという話だった。でも、この家は世界そのものだ。ここにいたら毎日あたらしい発見があり、飽きることはないだろう。

そのとき、どこからか声がした。

モリアキ

ほかの客が連れを呼んでいるのだろうか。そう思って廊下に顔を出してみたが、だれもいない。田辺も少し離れた場所に行っているのか、姿が見えない。

家の声?

東棟、中棟では声は聞こえなかったが、考えたらずっと田辺の話を聞いていたし、声がしていたのに気がつかなかっただけかもしれない。

モリアキ

また声がした。小さくかすかな声だが、やはり人ではなく家の声だと思った。だれかを呼ぶような声だ。家の声だから、現実のだれかを呼んでいるとはかぎらない。かつての名残でそう口ずさんでいるだけかもしれないけれど。

「ヒサシブリダナ」

月光荘にくらべるとずいぶん落ち着いた声で、しゃべり方も流暢(りゅうちょう)だ。

久しぶりだな。まるでだれかに話しかけてるみたいな口調だ。だが、まわりにはだれもいない。

　もしかして、僕？

　でも、なぜだ？　いままで家から先に話しかけられたことなんかない。家は、家の言葉を聞き取れる人がいることを知らない。だから僕が話しかけると最初はたいていびっくりする。だいたい、僕はモリアキじゃなくて守人だ。

「僕はモリアキじゃありません」

　試しにそう言ってみた。

「モリアキジャナイ？」

　家が反応する。ということは、やっぱり僕に話しかけていたということか？

「イヤ、オマエハ、モリアキダ」

「ちがいます。守人です。遠野守人。人ちがいですよ」

「ヒトチガイ？」

　納得できない、という口調だ。

「それに、ここに来たのは今日がはじめてです」

　久しぶり、と言っていたのだから、家はそのモリアキという人と前に会ったことがあるのだろう。そう思って言ってみた。

家は戸惑っているみたいで、ぶつぶつなにかつぶやいている。

「ハジメテ……」

「ごめんごめん、待たせたな」

そのとき田辺の声がした。家の声がふっと途切れた。

「祖父からだった。腰を痛めて買い物に行けなかったみたいで、買い物を頼まれちゃったんだ。今日は遠野を川越まで送ったら、そのままふじみ野の家に帰るつもりだったんだけど、祖父母の家に寄らなくちゃならなくなった。どうしようかな」

田辺が考えこむ。家の声のことが気になったが、田辺も来てしまったし仕方がない。

「買い物もあまり遅くなると困るだろうから、遠野を送ってからとなると町の案内を早く切りあげなくちゃならなくなる。先に買い物に行って祖父の家に寄って届ける方がいいかな。まだいくつか見せたいところもあるし……」

「じゃあ、町をまわったあとに買い物して、いっしょに届けるのはどうだ？　買い物も手伝うし。でも、家に行くのはさすがに悪いかな」

「いや、それは大丈夫だ。むしろ遠野に申し訳ないというか……」

「僕は全然かまわないよ。実はその古い家にも少し関心があったから」

「古い、って言っても、月光荘みたいにきれいに整備されてないよ。ほんとに単なる古い家なんだけど、いいのか？」

「いいよ」

「じゃあ、もう少し町を案内してから買い物して、祖父母の家に行こう」

部屋を出て、まだ見ていなかった廊下の奥まで行ってから玄関まで戻る。庭と茶室をながめ、遠山記念館をあとにした。

—— 4 ——

車に乗り、町をひとまわりした。

廣徳寺大御堂。茅葺きの唐様仏堂だ。大御堂とは平安末期から鎌倉期にかけての阿弥陀堂のことらしい。この大御堂は十三世紀はじめに北条政子が建立したものだが、いまの建物は室町時代後期に再興されたものなのだそうだ。

それから養竹院、荒川の河川敷にあるホンダエアポート、田辺が勤める私立学校、平成の森公園、古い道祖神をながめてから、越辺川の河原に出た。

だだっ広い風景だ。川越の近くにこんな広々とした場所があったなんて知らなかった。冬のあいだ、このあたりに白鳥が飛来し、越冬するのだそうだ。もうシーズンも終わりだが、何羽か姿を見ることができた。

「子どものころはよくこの河原に遊びに来たんだよ」

田辺がつぶやく。ふたりで土手の上に立ち、川を見おろした。

子どものころの田辺ってどんな感じだったんだろう。田辺は体格がいい。僕なんかよりずっと。しっかり運動して育ってきたんだろう。

空に大きな雲が流れていく。同じ大学の、同じ木谷ゼミにいたけれど、それまでの人生はみんなちがうんだ。田辺も、石野も、沢口も。みんな別々の過去を背負っている。その過去がその人の心を形作っている。

みんなのこと、なにもわかってなかったのかもしれないなあ。

田辺はじっと黙って空と河原をながめている。なにを考えているのかはわからない。でもその横顔を見ていると、なぜかこれまでより少し田辺のことがわかった気がした。

「そろそろ買い物に行かないと」

田辺が時計を見る。

「ああ、そうだったな」

「悪いなあ、せっかく来てもらったのに」

「いろいろ案内してもらって、じゅうぶん楽しかったよ」

僕としては田辺の祖父母の家に行くことも少し楽しみだったのだが、それは言わずにおいた。

あたらしい工場のようなものがならぶ道を走る。例の圏央道の川島インターが近いので、この道沿いには大規模な工場や物流センターが誘致されているようだ。スーパーマーケットやホームセンターなどもあるから、川島町のあたらしい中心なのかもしれない。

大きな駐車場に車をとめ、スーパーの店内にはいった。広々とした郊外店だ。田辺は慣れた様子でカートにカゴをのせ、スマホのメモを見ながら品物を探していく。

祖父母のための買い物ということもあるのだろう、ひとり暮らしの僕は手に取ることのないような品物も次から次にカゴに入れていく。ごぼうやれんこんのような根菜、干し椎茸、ひじきや乾燥豆。

木更津の祖母が生きていたころ、根菜のはいった煮物をよく作っていたな、と思い出したりした。

買ったものをトランクに積みこみ、田辺の祖父母の家に向かう。建物がならんだ道からそれて、あたりはまた田畑に戻った。夕日を浴びて枯れた田畑が赤く染まっている。

「祖父母の家はね、祖父が婿養子なんだ。祖母はこれから行く家で生まれ育った」

運転しながら田辺が言った。

むかしは家の存続のために婿養子を取ることもあったと授業で聞いたことがあった。江戸時代の商家などでは、使用人を婿養子にして、婿が店を継ぐ。山間の養蚕農家では、女性が主要な働き手だから、労働力が減らないよう婿を取ることが多かったとか。

「祖母は末っ子でね。上の兄とはずいぶん歳が離れてた。兄はふたりいたんだけど、ふたりとも戦死したんだよ。それで祖母だけが残った。だからほかの家から三男を婿に取って、養子縁組して家を継がせたんだって」

「そうだったのか」

「祖母は三年くらい前から体調が悪くなって、祖父がずっと世話をしてる。もちろんひとりじゃ無理だから、ヘルパーも雇ってるし、訪問看護師にも来てもらっているけど」

ヘルパーに訪問看護師。木更津の家で祖父の介護をしていたころのことを思い出し、心が少しひんやりする。

「床ずれを防ぐために日に何度か身体を回転させたり、マッサージしたり。祖父ももう歳で、そこまでの力仕事はできないからね。俺が泊まる日は俺がやってる」

「たいへんだな」

「そういえば、遠野も三年のときにお祖父さんの介護、やってたんだよなあ」

「ああ……うん」

あいまいにうなずく。

田辺たちとは大学祭のゼミ企画で同じグループになったが、祖父の介護の都合で参加できないことも多かった。はっきり言ったことはないから、石野や沢口は漠然と家庭の事情くらいに思っていただろう。だが田辺は察していたようで、言い当てられたのだ。

「うちも祖母の具合が悪くなってきてたところだったんだよ。遠野がお祖父さんとふたり暮らしっていうのも知ってたから、なんとなく見当はついた。他人事じゃないような気がしてさ」

「そうだったのか」

「俺にとって、祖母は子ども時代の思い出の象徴みたいなものなんだよな。祖母の具合が悪くなってからそう気づいた。ここにいたころの楽しかったことはみんな祖父母の家とつながってる。だから、それが消えていくようで、なんというか……」

田辺が語尾を濁す。

「悲しい、とか、さびしい、とかとはちがうんだよ。ただ、なくなっていくことに耐えられない」

僕の風間の家に対する思いと少し似ている気がした。

「わかるよ。僕も子どものころ、そういうことがあった」

「子どものころ？」

田辺が怪訝な顔になる。

「うん。僕の父と母は、僕が子どものころに死んだ。父は母方の家で仕事をしてたし、自分の実家と折り合いが悪くて。だから母方の家とのつきあいしかなかったんだ。だけど、母方の祖父はもう亡くなっていて、僕は結局父方の祖父に引き取られたんだ」

「じゃあ、ずっと育ててくれたお祖父さんっていうのは……」

「そう。父方の祖父。母方の実家を嫌ってたから、母方の家とはそれで縁が切れてしまったし、むかし僕が住んでいた家もなくなってしまった」

これまで人に話したことはなかったのに、なぜかするすると言葉が出てきた。

「だからね、祖父のことは好きじゃなかった。田辺みたいに、好きで介護をしてたんじゃない。だけど、弱っていく祖父を見てると、逃げるなんて考えられなくなった」

ああ、なんでこんなことを話しているのだろう。そう思いながら止まらなかった。

「逃げる方法だってあっただろう。でも逃げようと思わなかった。祖父は強く厳しい人だった。その力がだんだん衰えていくのを見ていると、命というのはこういうものなのか、と思ってしまうんだ。僕自身も生きる力が吸い取られ、逃げようという気持ちさえ湧いてこなかった」

「でも、最期まで看取ったんだろう」

「そうするしかなかったからね」

「でも、ちゃんと看取った。やったことがすべてだよ。気持ちなんていくらでも脚色できる。遠野はちゃんとやったんだ」

ちゃんとやった。田辺の言葉に驚き、言葉を失った。祖父との日々はいつのまにか遠くなっていた。あのころ、僕はほんとにちゃんとできていたのか。いまもわからない。

「悪かったな。変なことをしゃべらせてしまった」

「いいんだ。話せてすっきりした」

そう答えると、乱れた心がすっと凪いだ。

「いや、複雑なんだろう、となんとなくわかってはいたんだけど……」

田辺が申し訳なさそうに言った。

「ほんとにいいんだ。というか、話して楽になった」

不思議なことだった。なぜかわからないが、背中の荷が軽くなった気がした。いや、これまでまだ背中に重いものがのっていたのだ、といま気づいた。

川越に来て、月光荘に住むようになって、気持ちがほどかれるのを感じた。木更津の家の声も聞いた。だがまだなにかが残っていた。それがいま急に軽くなった。

いろいろな人の話を聞くことも増え、みんななにかを抱えているのだと知った。言葉にすることで軽くなるということもあるのかもしれない。

「ならいいんだけど」

田辺がほっとしたように息をついた。

「そういえば、田辺のお祖母さんはどんな人なんだ？」

「やさしくて、おおらかな人だよ。愚痴や不満は口にしないし、人を悪く言うのも聞いたことがない。子どものころから一度も怒られたことがない」

田辺が笑った。

「俺は、それってすごいことだと思うんだよね。俺、けっこう悪ガキだったから、いくら孫でも腹立つこともあったと思うんだ。父にも母にもよく怒鳴られてたし。でもばあちゃんは絶対に怒らない。ああ、でも、遠野もそういうとこあるよな」

「え？」

「怒らないし、愚痴や悪口を言わないだろう。それに、祖母はちょっと変わったところもあってね」

「変わってる？」

「そう。元気なころからときどき長い時間眠り続けることがあってさ。年に一度くらいだけどね。二日くらい眠ったまま起きなくなる」

「病気とかじゃなくて？」

「ちがうんだ。どこも悪くないのにただ眠ってしまう。そのあいだ、長い夢を見てるらしい。その夢の話を何度か聞いたことがあるんだけど」

どこも悪くないのに二日くらい眠ったままになる。たしかに奇妙な話だ。

「どんな夢なんだ？」

「内容自体は毎回ちがうんだけど、いつも同じ広い場所に行く、って……」

「広い場所？」

「どこまでも続くだだっ広い場所。でも、海や原野とはちがうらしい。霞がかかったみたいな、白っぽい風景らしい。お蚕さまの繭みたいに真っ白なんだ、って」

「オカイコサマ？」

「蚕だよ。祖母の家はむかし蚕を飼ってたんだ。比企郡の山間部では養蚕がさかんで、川島町でも蚕を飼ってるところがあったんだって」

「そうなのか」

そういえばなにかの授業で、明治期から昭和初期まで養蚕は日本のあちこちで行われていたと聞いた。当時、絹はとにかくお金になった。農家は自分たちが住む家の上に蚕室を作り、蚕を育て、絹を紡いだ。

白川郷の合掌造りのように屋根の高い建物が生まれたのもそのせいだ。埼玉の本庄にある競進社模範蚕室という建物の写真も見た。屋根の上に小さな屋根がいくつも突き出たような形で、上階で蚕を飼うために開発された形だと聞いた。

ここにも蚕を飼う人たちがいたのか。大学時代、遠野を訪れたときに見たオシラサマが頭に浮かび、ぼんやりと重なった。

「その広い場所で、あちらの人たちと歌ったり飲んだりするらしい。夢の中では何度も会うけど、現実の世界にはいない人で……。覚めてしまうと顔は思い出せない。でも、夢の中でまた会うとその人だってわかるんだって言ってたっけ」

田辺は記憶をたどるようにゆっくり話す。

「その夢をくりかえし見てるってことか」

「そういうことなんだろうなあ。最近はしょっちゅう眠るようになっちゃって。起きてもしばらくぼんやりして、要領を得ないことを口にする。祖父や母、俺のことも見分けているし、姉の子どもが遊びに来ればうれしそうに話してる。病院で検査もしてもらったが、認知症というわけでもないみたいだ」

「要領を得ないことってどんな?」

　気になって訊いた。

「いろいろなんだけど……。部屋でひとりきりなのに、だれかと話してるみたいに笑ったりして。だれかと話してたの、って訊くと、そう、って」

　夢とうつつが混ざってしまっているのだろうか。

「それで、だれと、って訊いたら、家、って言うんだよ」

　田辺の言葉に思わずかたまった。

　家と話してた?

　もしかして、僕と同じ? 家の声が聞こえるのか?

「最近じゃあ、自分も死んだら家のなかのひとつになる、とかなんとか……。よくわからないだろ?」

　田辺が笑う。

　死んだら家のなかのひとつになる? どういうことだ? 月光荘と話していても、正月には家が人になる、とか、わけのわからないことがいろいろあった。人が死んだら家になる? はじめて聞く話だが、なんとなく月光荘の言っていたことと通じる気もした。

「変だなあ、と思っても、みんな頭から否定しないようにしてる。祖母はむかしからそういうところがあったし。それに祖母が言うと、ほんとにそういうこともあるのかも、って気になるんだ」

田辺が笑った。

僕のほかにも家の声が聞こえる人がいる。これまでそういう人に会ったことはないが、もしかしたら、と思うときはあった。

古書店「浮草」の亡くなった奥さんも本と会話していたという話だったし、結局出どころはわからなかったけれど、二軒家の噂だって、最初に「オイテカナイデ」の声を聞いた人はいたはずだ。

僕だけじゃない。なんだかそのことが希望のように思える。声は絶対にある。そうでないと説明ができないことがこれまでも何度もあった。この前の雛人形のことだって、二軒家の声の言っていた通りだった。僕自身にはわからないことを声が言い当てたのだ。

それでも、ほかに聞こえる人がいないから、幻聴なのかもしれない、という疑いを断ち切ることができなかった。どこかおかしいのかもしれない、とも思っていた。でも、ほかにも聞こえる人がいるなら、幻聴や妄想じゃない、と信じることができる。

「おい、遠野」

田辺の声にはっとする。

「どうした？　もう着くよ」

見ると、道の先に古い木造の家があった。

「あ、ごめん。ちょっと考えごとしてた」

「考えごと？」

田辺が笑う。

「そうそう。祖母と似てると思ったのはそういうところ。遠野もむかしから不思議なところがあった。古い建物に行くと、ときどき視線がさまよったり、耳をふさいだり」

「えっ？」

嘘（うそ）だろ？　見られてたのか。

「あ、いや、人よりちょっと耳がいいんだ。聞きなれない音があると気になって」

耳がいい。苦しい言い訳だ。「いい」の意味がふつうとはちがうが、まあ、嘘ではない。

「そういうとこがなんとなく祖母と似てる気がして、だから遠野のことはずっと気になってたんだ。木谷先生に話したら、先生もわかる、って言ってたよ」

田辺は家の横の車庫にバックで車を入れはじめる。

木谷先生も？　そんなふうに思われていたのか。どう反応すればいいのかわからず、車がとまるまでずっと黙っていた。

5

車をおりて、トランクから荷物を出す。レジ袋をさげ、田辺について玄関に向かった。さっきの話のことはもう忘れてしまったのか、田辺はなにも言わない。少しほっとして、まわりの風景をながめる。

周囲に建物はなく、この家のまわりだけ木で囲まれている。古い木造の建物を見あげたとき、なんとなくなつかしい気がして足がとまった。むかし僕たち家族が住んでいた家に少し似ている気がした。

あの家も古かった。当時築五十年を超えていたから、いま残っていたら築七十年以上。月光荘と同じくらい。昭和初期に建て替えられたというこの家よりはあたらしいし、ずっと小さかったけれど。

表札には「吉田(よしだ)」とあった。田辺の母方の姓は吉田。田辺は父親の姓だ。離婚したあとも、子どもたちの姓が変わるのを避け、母親もそのまま夫の姓を使うと決めたらしい。

玄関からなかにはいると、田辺のお祖父さんが出てきた。田辺に紹介され、あいさつを交わす。歳は取っているが、がっしりとして体格がいい。顔も田辺とどこか似ていた。お祖父さんは敏治さん、お祖母さんは喜代さんというのだそうだ。

「まあまあ、まずはあがってください」

敏治さんが言った。

「お邪魔します」

荷物をおろし、靴を脱ぐ。

「一休みしたら、遠野を川越まで送ってかないと。夕飯、どうする？　腰痛いなら俺が作るよ。今日はふじみ野に帰るつもりだったけど、いったん遠野を送って、こっちに戻ってくる。俺もここで食べてくよ」

「そりゃ、行ったり来たりで大変だ。いいよ、いいよ、そこまでじゃない。無理すんな。それに、せっかく友だちといっしょなんだ。夕飯、いっしょに食べた方がいいだろう」

「まあ、最初は送りがてら川越で夕飯でも、って思ってたんだけど……」

「いや、それは今度でいいよ。送ってもらうの、悪いな。バスでもあれば……」

「バスは本数ないし、送るよ。川越なんてすぐだから」

「そしたら、遠野さんがよければ、いっしょにここで食べてってもらったらどうだ？　食事のあと川越まで送って、お前はそのままふじみ野に帰ればいい」

敏治さんが提案する。

「え、でも……。遠野、大丈夫か？」

田辺が心配そうにこっちを見た。

「うん。むしろ申し訳ないです。いいんですか、お邪魔しちゃっても」

「もちろん。お客さんなんてめずらしいし、こっちもうれしいよ。たいしたものはできないけど、そしたらゆっくりできるだろう」

敏治さんが笑った。

「ありがとうございます」

田辺ともう少し話したかったし、この家のことにも興味があったから、ゆっくりできるのはありがたかった。

「じゃあ、まずは買ってきたものを冷蔵庫にしまうか」

田辺はレジ袋を持って廊下を進んでいった。突き当たりを曲がったところが台所で、古いけれど広々としていた。田辺も敏治さんも慣れた手つきで、今日の献立のことを話しながら手際よく整理している。

結果的に男ふたりが突然おしかけたような形になり、準備がないからなにを作るか思案しているようだ。さいわい、せっかく人手があるからと少し多めに食材を買ってきていたので、かわじま呉汁（ごじる）を作ろうということになった。

大豆は水で戻したものが冷凍保存されていて、棚のなかには芋(いも)がらもあった。芋がらだけぬるま湯につけると、田辺がお湯を沸かし、お茶を淹(い)れた。自己紹介したり、今日の出来事を話したりするうちに、この家のことに話題が移り、敏治さんが古い写真を出してきてくれた。

田んぼのなかに茅葺(かやぶ)きの家や蔵、いくつかの建物がならんでいる。いまはこの家と蔵くらいしか残っていないようだが、むかしは大きな家だったのがわかった。

「この建物は？」

茅葺き屋根のとなりの建物を指して訊いた。背の高い建物だ。

「ああ、蚕室があった建物だねえ。戦後取り壊してしまったんだが」

敏治さんが言った。

ここで蚕を飼っていたのか。まじまじと建物を見た。授業で見た写真と同じで、屋根の上に小さな屋根のようなものが飛び出している。

「明治から昭和のはじめまでは、養蚕はずいぶんお金になったらしい。だけど化学繊維が出まわるようになって、世界恐慌もあったからね。だんだん廃(すた)れて、戦後はすっかりなくなってしまった。この建物も自分がこの家にはいってすぐに取り壊されたんだ」

「そうだったんですね」

「だからわたしは養蚕のことをよく知らないんだよ。養蚕は女の仕事っていうのもあるかもしれないけど。でも、喜代はよく覚えていた」

「ばあちゃん、子どものころ蚕が好きだったんだよね」

田辺が訊いた。

「そうそう。喜代はむかしこの建物の下に住んでいたらしくてね。よく上にあがって蚕をながめていたんだそうだよ。蚕がたくさんいるから、桑（くわ）を食べる音がざわざわ響いて、呼ばれているみたいな気がした、って。蚕はかわいい、とも言ってたなあ」

敏治さんが不思議そうな顔をする。

「幼虫だから、いまの女の人なら怖がるんじゃないか。かわいい、と言うのはちょっと変わってるよなあ」

そう言って笑った。

「石野だったら悲鳴あげるな」

田辺がぼそっとつぶやく。石野は大の虫嫌いで、どんな虫でも見ると悲鳴をあげる。蜂（はち）や蝶（ちょう）、カマキリやバッタもダメ。蛾（が）や蜘蛛（くも）はもちろん無理。毛虫や青虫なんてもってのほか。蚕がたくさんいるところを見たら卒倒するかもしれない。

「もう五時半か。喜代、どうしてるかな」

敏治さんが言った。

「ちょっと様子見てくるよ」

田辺が立ちあがり、部屋を出て行く。写真をながめながら、しばらく敏治さんからむかしの話を聞いていた。

吉田家は米や野菜も作るかなり大きな農家だった。このあたり一帯は全部吉田家の田畑だった。だが男が生まれず、継ぐ者がなかった。婿にはいって農家を継いでくれる人などそうそういない。結局、自分が手入れできる畑だけを残し、ほかは売ったり、人に貸したりしているらしい。

しばらくして田辺が戻ってきた。

「ばあちゃん、起きてたよ」

敏治さんに言った。

「それで、遠野に会いたいって」

「え？」

「声が聞こえたのかな。だれかお客さんが来てるでしょ、って。大学時代の友だちだって教えたら、会ってみたいって言うんだよ」

なんだかどきどきした。

「えらく機嫌が良くてさ。悪いけど、ちょっと話してくれるかな」

「うん、もちろん」

立ちあがり、田辺のあとについていった。

廊下を抜けた先の襖（ふすま）を開ける。十畳ほどの床の間のある部屋の真ん中に布団が敷かれ、小さなおばあさんが身体を起こしていた。

モリアキ

どこからか声がした。年老いた男の声だ。

家の声だとすぐにわかった。

あれ、でも、モリアキ……？

少し考えて、さっき遠山記念館で聞いたのと同じ名前だ、と気づいた。

「ばあちゃん、連れてきたよ。大学時代の友だちの遠野。同じ木谷ゼミだったんだ」

田辺の声がした。見ると、喜代さんを抱え、座布団をはさんで座椅子（ざいす）のようなものにもたれさせている。

「モリアキさん？」

喜代さんの発した言葉にぎょっとした。

家の声と同じ名前だ。やっぱり聞こえるのか？

じっと喜代さんを見る。僕の顔を見て、にっこり微笑んだ。

「モリアキじゃないよ、遠野の名前はモリヒト。あれ、でも、名前まで教えたっけ？」

田辺がちょっと不思議そうな顔をした。

「そうなの？」

喜代さんが笑った。

「どうしてかしらねえ、不思議ねえ」

子どものような笑顔だ。

「はじめまして、遠野守人です」

お辞儀をすると、喜代さんは、うんうん、とうなずいた。

「今日はわざわざ川島を見にいらしたとか。ありがとうございます。どちらに行かれたんですか？」

「醤油蔵と遠山記念館に」

「そうでしたか。遠山記念館に」

そう言って、うんうん、とうなずく。最初の「モリアキさん」以外はいたってふつうの応対である。

「喜代、どうだ？」

敏治さんが部屋にはいってきた。

「うん。今日はだいぶいい」

喜代さんがにこにこ答える。

「悟史、呉汁作るならそろそろはじめないと」

敏治さんが田辺に言った。

「そうだった」

田辺が立ちあがる。

「呉汁作るの？」

喜代さんが訊いた。

「うん。遠野が来たし、材料もそろってるから」

「そしたら、今日はわたしもいっしょに食べようかな」

喜代さんが微笑む。

「そうか、じゃあ、そうしよう」

敏治さんもうれしそうだ。

「僕は……」

なにか手伝えたら、と思った。正月に田辺から呉汁の作り方を少し習ったし、野菜の皮剝きくらいならできる。

「いや、いいよ。ばあちゃん起きてるし、いっしょに話をしてくれた方が……」

田辺に言われ、喜代さんの方を見た。

「ばあちゃんもその方がいいだろ？」

田辺の言葉に喜代さんがにっこりうなずく。考えてみれば家の声のことや「モリアキさん」のことも気になるし、喜代さんとふたりで話せるのは都合がよかった。

「じゃあ、そうするよ。この家のむかしの話も聞きたいし」

そう答えると、敏治さんと田辺は部屋を出て行った。

6

喜代さんとふたりきりになる。訊きたいことはいろいろあるが、どう切り出したらいいか迷った。

「遠山記念館に行ったんでしょう？　どうでした？」

　喜代さんが訊いてくる。

「すばらしかったです。信じられないくらい手がこんでいて」

「そうでしょう。わたしもむかしは何度も行った。二階にあがったこともあるのよ」

　喜代さんが目をきらきらさせた。そういえば、ふだんは立ち入り禁止だが、中棟には二階があり、そこは洋風の造りなのだと田辺が言っていた。

「窓の上の方に、唐草模様を透かし彫りにしてオパールガラスを嵌めた装飾があるのよ。床は寄木張り。広くて、どこもかしこも工夫されてて。御殿よね。何日いても飽きない」

「そうですね」

　僕はうなずいた。

　モリアキ

　そのときまた声がした。家の声だ。

「あなた、守人さん、っていうんでしょ？」

　そのとたん喜代さんが訊いてきた。

「ええ」

「じゃあ、モリアキ、ってだれなのかしら」

喜代さんが首をかしげた。

聞こえてる。まちがいない。喜代さんには僕と同じ声が聞こえている。

「モリアキ、って……」

喜代さんに訊く。

「声がするでしょう、モリアキ、って」

そう言ってすぐ、はっと黙った。

「ああ、そうか、これはみんなには聞こえないのよね」

残念そうに笑う。

「いえ、聞こえます」

僕はじっと喜代さんの目を見た。

「え？」

「聞こえるんです。家の声でしょう？」

僕が言うと、喜代さんは目を丸くした。

「聞こえるの？」

「はい。子どものころから聞こえるんです。なんだかよくわからないんですけど、建物から声が」

僕と同じ人がいた。はじめてのことに戸惑い、心が揺れる。

「そうなの。だれかに話したことある？　まわりにほかに聞こえる人はいた？」

喜代さんがしずかな声で訊いてくる。

「いいえ。これがはじめてです。人に話したのも……」

そこまで言って、止まった。なにを言えばいいのかわからず、うつむいた。

「そう。じゃあ、たいへんだったわね」

喜代さんの声にはっとした。

「人には言えないものね。言ったたって信じてもらえないし。ほんとのことなのかどうか、自分でも自信が持てなくなる」

ほろほろと心が崩れそうになる。

その通りだった。ずっと隠してきたことを言い当てられ、心のいちばんやわらかいところを押されたような気持ちになった。

「大丈夫よ。声はほんとにある。まぼろしなんかじゃない」

喜代さんが僕の顔をじっと見た。

「だれかいましたか？　これまで声を聞くことができる人、ほかに……」

「聞こえる人はそんなにいない。わたしだって何人かしか会ったことがない。でも、みんなむかしのことよ。子どもたちが生まれる前のこと。だから今日は久しぶり」

「そうなんですか……」

そんなにいない。でも、ゼロじゃない。僕のほかにも聞こえる人はいる。

「聞こえる人だったのね。あなたたちが着いたとき、家が言ったのよ、モリアキダ、モリアキガキタ、って。だから気になって呼んだの。だれなのか気になって。でも聞こえるなんて思わなかった。しかもこんなに若い人だなんて」

喜代さんがくすくす笑う。

「笑っちゃってごめんなさい。これまでずっと不安だったわよね。でも大丈夫よ。聞こえる人はなかなかいないけど、あるものはある。自分を疑うことはない」

「よかった……」

ほっとして、力が抜ける。

「だけど、モリアキ、っていうのは……。ねえ、この人は、モリアキじゃないみたいよ」

喜代さんが天井を見あげて言った。

「オカシイ」

家は不満そうだ。

「実は、遠山記念館でも言われたんです。家の声に、モリアキ、って」

「そうだったの。あそこの声が……。同じ人のことよね、きっと。ねえ、モリアキってどんな人なの？」

喜代さんが家に訊いた。

「イエトハナセル」

家と話せる。僕たちと同じということか。

「もしかして、僕と似てるのか？」

「ニテル。オナジカオ」

同じ顔。そこまで似てるのか。顔も名前も似ていて、家の声を聞くこともできる。そんな人がいるとはちょっと信じられない。

「まあいいわ。いつかわかるでしょ」

喜代さんはあっさりとそう言った。

「訊きたいこともいろいろあるでしょう？　悟史たちがいたら話せないし、訊きたいことはいまのうちに訊いて」

そう言われて戸惑った。こんなことが起こるとは思ってもいなかった。知りたいことはいろいろあるが、どこから話せばいいのかさっぱりわからない。

「いつから聞こえるんですか？」

ようやくそう訊いた。

「子どものときからね。この家、むかしは蚕を飼っていたのよ」

「はい、さっき聞きました」

「じゃあ、きっと聞いたわね、わたしが蚕が好きだったってこと。三歳になったばかりのころ、一度、蚕室で眠ってしまったことがあったの。自分ではよく覚えてないんだけど。ふつうの眠り方じゃない。家族が見つけて起こそうとしたけど全然起きなかったんですって。布団に移されて、丸二日眠り続けた。蚕の眠みたいだって言われてたみたい」

「眠？」

「蚕は孵化してから繭を作るまで、四回脱皮するの。脱皮のときは桑を食べるのをやめて、動かなくなる。これが『眠』。起きているときが『令』。一回目から三回目の眠は一日くらいだけど、四回目の眠は少し長くて、丸二日かかる」

さっき田辺から、喜代さんはときどき眠り続けることがあると聞いた。その眠のようなものがその後もたびたびあったということなのだろう。

「眠ってるあいだ、夢を見てた。真っ白い世界のなかにいて、目が覚めたら声が聞こえるようになってた。あなたは？」

「僕は……。いつからかはわからないんです。物心ついたときにはもう聞こえてた。それがあたりまえだと思ってました。だからまわりの人には聞こえないってわかったときはすごく驚いた」

「そうだったの」

喜代さんがうなずく。

「実は、僕はいま縁があって川越の古い家に住んでいるんです。月光荘、っていう……。月光荘とはよく話すんですが、言葉がカタコトで、ときどき意味がわからなくて」

「たとえば？」

「お正月には、家は人になる、って。それで広い場所に行く、って。でも、人になる、っていうのがどういうことか、広い場所っていうのがどんなところか、いくら訊いてもわからないんです」

「ああ、お正月……」

喜代さんがくすくす笑う。

「まず、家の世界と人の世界は理(ことわり)がちょっとちがうんだと思う。カタコトなのは、まだ人間の言葉に慣れてない、っていうのもあるけど、理がちがうから翻訳できない、というこ

ともあるみたい」

「そうなんですね」

「お正月に広い場所に行く、っていうのは聞いたことがある。はっきりとはわからないけど、わたしが眠っているあいだに見た場所と似ているように思うの。そこにはなにかがたくさんいて……」

「なにか？」

「人……みたいな形だったような気もするんだけど、よくわからない。それが月光荘の言っている『人になる』っていうことかもしれない。でも、ほんとの人になるわけじゃないのよ。家は動けないでしょう？　だから自分の力で動けるようになると、人みたいだ、って思うんじゃないかな」

「ああ、なるほど……」

「そこに行くと、いつも会う人たちがいるの。同じだってわかるから、姿があるんだと思う。起きるとどんな姿か思い出せなくなっちゃうんだけど。その人たちが言ってた。自分たちにはもう宿る家がないんだ、って。だからいつもここにいる、って」

「宿る家がない？」

「つまり、取り壊されたかなにかで、家がなくなってしまった、っていうことだと思う。

そうなると、ずっとその広い場所にいるようになるってことなのかな」

　喜代さんの声を聞いていると、すべてをわかろうとしても無理なのかもしれない、すべてをわからなくてもいいんだ、という気がした。家の世界に行くことはできないし、人間がすべてを理解できるわけでもないだろう。

　だが、もうひとつ気になることがあった。

「あと、これは悟史くんからさっき聞いたんですが、喜代さんが、死んだら家のなかのひとつになるって、言ってた、って。それはどういう意味ですか？」

「それも、実はわたしにもよくわからないんだけど……」

　喜代さんは天井を見あげ、息をつく。

「家の声って、いろいろなものが混ざっているような気がするの。いろんな人の声とか、物音とか」

「物音？」

「いまでもときどき蚕たちが桑の葉を食べる音が聞こえてくるときがある。ざざざざーっていう、雨みたいな波みたいな音。声もね、いろんな人の声が混ざってるでしょ？」

「そういえば……」

「豆の家」の建物や笠原紙店では子どもたちみたいな声が聞こえた。「浮草」でも本を読みあげる声はいろいろだった。でも月光荘はちがう。歌う声も話す声もいつもいっしょだ。

「混ざっている建物もあります。でも、月光荘はそうじゃない。いつも同じ声です」

「そうなの。そういうこともあるのね」

喜代さんはそのまま受け入れている。

「それに、僕には声以外の物音は聞こえません」

「いろいろちがうところもあるのね。でも、わたしにとっては蚕はお友だちみたいなものだから。それで聞こえるだけかもしれない」

家の声はそんなに簡単なものじゃないんだろう。喜代さんほど長く生きていてもすべてはわからない。

「家の声はここに住んでたいろんなものが混ざり合ってできたものなのかと思ってたの。だから、わたしも死んだらそのひとつになるのかな、って。ねえ、どう思う?」

喜代さんは天井に向かって言う。

家はなにも答えない。きっと家自身にもわからないのだ、と思った。人だって、自分がなんなのか、すべてわかっているわけじゃない。

「ずいぶん楽しそうだな」

襖の方から声がして、ふりむくと田辺が立っていた。

「ええ、すっかり意気投合しちゃって。遠野さん、いい人ねえ」

喜代さんが微笑む。

「そうだろう？　きっと話が合うと思ってたんだ」

田辺がうれしそうに言った。

田辺、もしかしてほんとは全部わかってるんじゃないか？　そのときふとそう思った。たぶん、田辺には家の声は聞こえない。だが、喜代さんと僕がなにか同じものを持っていることがわかっていて……。

まさか、とは思うが、田辺には、自分が理解できないことでも、そんなこともあるか、と受け入れてしまうような雰囲気がある。

「だいたいできたよ。ばあちゃんは俺が背負ってくから」

田辺が喜代さんの横に腰をおろした。喜代さんが腕を伸ばす。うしろからそれを助けて、喜代さんを田辺の背に乗せた。

予想以上に軽い。もう歩けないのだ、と田辺は言っていた。

――ここにいたころの楽しかったことはみんな祖父母の家とつながってる。だから、それが消えていくようで……。

――悲しい、とか、さびしい、とかとはちがうんだよ。ただ、なくなっていくことに耐えられない。

さっきの田辺の声が耳奥によみがえる。

――だから、わたしも死んだらそのひとつになるのかな、って。

喜代さんの言葉を反芻する。喜代さんを背負った田辺の背中を見ながら、なくなるんじゃなくて別の世界に行く、ほんとにそうだったらいいのに、と思った。

7

喜代さんを低い椅子に座らせ、食卓を囲んだ。喜代さんがここで食事をするのは久しぶりのことらしく、敏治さんもうれしそうだった。喜代さんは敏治さんと田辺が作った呉汁を食べながら、おいしいねえ、と言っている。

むかしは喜代さんも呉汁を作っていたようで、子どものころの田辺はよくここでそれを食べていた。勤務先の高校の行事で呉汁を作る機会があって、喜代さんの呉汁のことを思い出し、自分で作ろうと思うようになったのだそうだ。

敏治さんと田辺がいるから、もう家の声の話はできない。代わりに田辺の子どものころの話をいろいろ聞いた。小学生のころはクラスで一番か二番目に背が小さく、細くて身軽で、いつも真っ黒に日焼けしていた。

そうか、田辺は小学生のころは小さかったのか。体格のいいいまの田辺からは想像もつかなかったが、言われてみるとなるほど、という気もしてくる。

河原に行くとたいていずぶ濡れになって帰ってくる。学校でもしょっちゅうほかの子と競って馬鹿なことをして、怪我ばかりしていた。授業参観でも、張り切って臨むのは体育だけ。教室の授業ではあっち向いたりこっち向いたりで、見に行った母親にうしろから小突かれていたらしい。

「それが中学で剣道部にはいってから、背も伸びて、身体つきもがっしりして、急にしっかりしちゃってねえ」

喜代さんが笑う。

「田辺、剣道部だったのか」

運動部だったとは聞いていたが、剣道だったのか。言われてみれば、たしかにそんな雰囲気がある。

「まあ、そんなに強くもなかったんだけど。だからいまの職場でも剣道部の副顧問になった。そのうち顧問にさせられるんだろうなあ」

田辺がのんびり言った。

食事が終わるころ、喜代さんがうとうとしはじめた。田辺が背負って部屋に運ぶ。布団に寝かすとすぐにすやすや眠ってしまった。

「遠野さん、さっきは喜代と話してくれてありがとう」

居間に戻ると、敏治さんが言った。

「いえ……」

「喜代もずいぶん楽しそうにしてたみたいで」

「すっかり意気投合した、って、ばあちゃん、言ってたよ」

田辺が笑った。

「変なことを言ったかもしれないが……話を合わせてくれたんですね。喜代があんなに楽しそうにしているのを見るのは久しぶりで……」

「そんな……。僕もほんとに楽しかったんです」

喜代さんが話しているのは「変なこと」などではないんだけれど。そう言いたいのに口にすることができず、もどかしかった。

「喜代さんと話して気持ちが軽くなった、というか……」

それでもどうしても感謝の気持ちだけ伝えたくて、そう言った。

「そうですか？」

敏治さんが目を丸くする。

「ばあちゃんは、なんでも受け止めてくれるところがあるからなあ。俺も子どものころ、ここに来ると安心した。失敗したり、悪いことした、って思ったときも、ばあちゃんと話すとなんとなく許されるような気がして……」

田辺はそこまで言って口をつぐんだ。

「そうか、そうだな」

敏治さんはそう言うと黙ってお茶をすすった。

「喜代はなあ、むかしから少し変わっていて……。でも末娘だから親にもふたりの兄にも大事にされて育ったんだよ。戦争で兄ふたりが亡くなったとき、まだ小さかったのに、泣いて悲しむ母親を、大丈夫だよ、兄さんたちはこの家にちゃんと帰ってきてるよ、って言ってなぐさめたんだそうだ」

ちゃんと帰ってきてる……。

もしかして、声のことなのか。喜代さんには兄たちの声も聞こえていたのか。

「身体も弱くてなあ。わたしが婿にはいるときも、両親から、この子は弱くてオカイコサマのようなところがあるけれど、どうかお願いします、って頭をさげられた」

敏治さんが噛みしめるように言った。

「蚕のことですよ、幼虫のあいだはおとなしくて逃げない。繭から出ることなく茹でられて、糸を取られてしまう。なかのいくつかは次の蚕を産ませるために羽化させるが、成虫になっても羽が退化しているから飛べない。口も退化しているから食べることもない。卵だけ産んで死んでいく」

人の手で育てられるうちに扱いやすいようにそうなったのだ、と聞いたことがあった。

「たしかに若いころの喜代にはそんな印象があった。色が白くて、細くて、でも……」

「すごくきれいだったんだろ？」

田辺がからかうように言う。

「何度も聞いたからね、その話」

「本音なんだから仕方ないだろう？　悪い本音よりいい本音の方が言いにくいんだ」

敏治さんがぶっきらぼうに言う。

「ほんとにきれいだったんだよ。こんなにきれいなものがあるのか、って思うくらい」

息をつき、少しさびしそうに微笑んだ。

「いつだったか喜代が言ってた。蚕の糸が白いのは、きっと蚕が一心に糸を吐くからだ、って。人に飼われて、不自由なく餌を与えられて、なにも心配することがない。だから糸だけ一心に作る。そういうもんかなあ、と思ったけれど、あのころは大真面目にそんな話をする喜代がかわいらしく見えたんだよなあ」

　敏治さんが笑った。

「でも、子どもを産んでからは丈夫になってね。畑の仕事もして、三人も立派に育てた。いま思うと、あの時期が夢みたいだ」

　そう言って目を細める。

「お前たち孫が遊びにくると、喜代はほんとにうれしそうでなあ。前の日からお菓子を買いに行ったり、あの子はこれが好きだから、って言って料理したり」

「ここに来るといつも俺の好きなお菓子があって、ごはんの前に食べちゃダメだって、よく母さんに叱られた」

　田辺も笑った。

　ふたりの話を聞くうちに、僕も風間の家のことを思い出していた。風間の家の祖母もそうだった。いつも優しくて怒ることがない。家に行けばいつもお菓子があった。

「自分の人生はしあわせだったなあ、といまになって思う。そのしあわせのほとんどは喜代がくれたものだ。だけど、わたしはなにも返してない。やさしくもできなかったし、吉田の家の田畑もだいぶ他家に譲ってしまった」

「別にそれはじいちゃんのせいじゃないだろう？　継ぐ人がいなかったんだし」

「それはそうなんだけれども。先祖代々の土地だからな」

田辺が言った。

「母さんたちのだれかが婿を取るというのはやめよう、って、ばあちゃんとも相談して決めたんだろ？　それがいい、ってばあちゃんも言ってた、って」

「喜代は娘たちに負担をかけたくなかったんだよ」

敏治さんがため息をつく。

「喜代から蚕の話を聞くたびに、思うんだ。蚕は人間にたくさんの財をもたらしてくれた。自分の命と糸を差し出して。人間はそれを奪っていただけだ。蚕になにも返してない。自分も同じだ、って思うんだ。喜代から与えてもらうばかりだった」

「そんなことはないよ。ばあちゃんもそんなことは思ってないだろう。じいちゃん、よくないよ、そんなことばかり考えるのは。心が弱ってしまう」

田辺が首を振った。

「たしかにな」

敏治さんが笑った。

「子どもを育てるようになってからは、喜代はあの眠のような眠りにはいることがなかったんだ。持病が治った、みたいに思っていたんだけどね。子どもが巣立って、孫たちからも手が離れると、またときどき眠にはいるようになった。それがだんだん頻繁になって。自分から離れていくようでさびしいけど、あるべき場所に帰っていくようにも思えて、それならそれでいいようにも思うし……」

敏治さんの目尻に少し涙がにじんだ。

「ああ、でも、今日はほんとによかった。遠野さんが来て、喜代も楽しそうにしてた」

気を取り直すように笑って、僕を見る。

でも僕の方も、今日ここに来たことでこれまで決して得られなかった大事なものを得た。喜代さんと話したことで救われたような気がした。あの会話自体、いま思い返すと夢のようにも感じられるけれど、ほんとにあったことだ。

ずっと、自分にはなにもないと思ってきた。まわりの人になにか良いものをもたらすことなんてできるはずがないと。

喜代さんも田辺も、特別にがんばってなにかをしてくれたわけじゃない。彼らのあたりまえのいつもの姿を見せてくれただけ。だけどそのことで僕は救われた。それはまちがいのないことだ。

だから、もしかしたら、僕があたりまえにしていることで、だれかの助けになることがあるかもしれない。そう信じてみようと思った。信じなければ、今日ここで喜代さんたちに与えてもらった大きなものを否定することになってしまう。

「そういえばさ、最初に部屋にはいったとき、ばあちゃんなんか名前を呼んでたよな。遠野と似た名前の……。そうだ、『モリアキ』。あれはいったいなんだったんだろう」

田辺が思い出したように言う。

「『モリアキ』？　喜代がそんなことを言ったのか」

「うん。人の名前みたいだろう？　ばあちゃん、遠野にそう呼びかけてた。遠野がその『モリアキ』だと思ったんじゃないかな。もしかして、親戚か知り合いにそういう名前の人、いる？」

「モリアキ……。親戚にはいないが、最近どっかでそんな名前を見たような……」

敏治さんがじっと考えこむ。

見たことがある？　じゃあ、やはり実在するのか。だれなんだろう。家はその人も家と話せると言っていた。できることならその人とも会ってみたい。ごくりと固唾を飲んだ。

「ああ、わかった」

不意に敏治さんが立ちあがった。

「あそこで見たんだ」

「どこ?」

田辺が訊いた。

「二階の天井裏だよ。ほら、春先の突風で、二階の端の部屋、雨漏りするようになっただろう?」

「ああ、そうだったね」

「一昨日(おととい)ようやく業者が来てくれて、工事のために天井板を外したんだ。腰を痛めたのも、実はそのとき作業を手伝ったからなんだが……」

敏治さんが笑う。

「天井板を剝(は)がしたらおもしろいものが出てきた」

「なに?」

「名前だよ。墨で書かれた名前。棟木(むなぎ)に書かれていたんだ」

「名前?」

「棟梁(とうりょう)と鳶頭(とびがしら)の名前だったんだ。修理に来た工務店の人から、むかしは棟梁の名前を棟木に書くことがあった、と教えてもらってね」

「へえ」

田辺が興味を示す。

「そこに書かれた棟梁の名前が、たしかモリアキだった」

「え？」

田辺が目を丸くした。

「この家はわたしが吉田の家にはいったときにはもうできて何年も経っていたから、そこに名前が書かれているなんてまったく知らなくて」

偶然なんだろうか。それとも喜代さんはほんとはその名前を知っていて……。

「ばあちゃんは知ってたのかな」

「いやあ、どうだろう。喜代も子どもだっただろうし……。今回も天井板を剝がしたことは話したけど、文字のことまでは話してない。やっぱり関係ないかな。覚えてたとしても、なんでいま急に言いだしたのかわからないしなあ」

敏治さんが首をひねる。

棟梁の名前だったとしたら。喜代さんが知らなくても、この家は知っているかもしれない。遠山記念館の声もその棟梁を知っていたのかも……。なぜか心がざわざわした。

「見るか？」

「おもしろそうだね。遠野も興味あるだろう？　ちょっと見に行かないか」

田辺に言われ、うなずいた。

敏治さんが部屋を出て行く。田辺と僕もあとに続いた。階段をのぼり、二階へ。廊下の突き当たりまで進んでいく。敏治さんがいちばん端の部屋のドアを開け、なかにはいった。天井板が剝がされ、屋根裏と梁(はり)が見えている。

「ここだよ」

上を指す。見ると棟木に墨で人名が書かれていた。

棟梁　風間守章

鳶頭　風間行正

風間……守章(もりあき)……？

鳥肌が立った。

「あの棟梁の名前、たぶんカザマ　モリアキって読むんじゃないかと」

敏治さんが言った。

「ほんとだ。たしかにこれはモリアキだねえ」

田辺が棟木を読むために首を横に倒しながら言う。

風間は母の旧姓だ。そして、守章は……。

「遠野、どうかしたか？」

ぼうっと突っ立っている僕の表情に気づいたのだろう、田辺が話しかけてきた。

「曽祖父だ」

僕はつぶやいた。

「曽祖父？」

田辺が首をかしげる。

「僕の曽祖父……なんだと思う。僕の母方の姓は風間って言うんだ。母方の祖父は所沢で大工をしてて……」

「ええっ」

敏治さんが声をあげた。

「母方の家は明治時代から大工だったそうなんです。祖父は所沢で仕事をしていましたが、広い範囲の仕事を請け負ってました。それに、むかしは埼玉のもっと奥の方で仕事をしてた、って……」

子どものころの記憶がよみがえってくる。

「たしか曽祖父は守章って名前でした。僕が生まれる前に亡くなってましたが、僕は子どものころ、よくその曽祖父に似ている、って言われて……」

ニテル。オナジカオ。

この家に言われたことを思い出す。

僕と曽祖父が似てるから？　だからまちがえたのか？

「じゃあ、この家は遠野の曽祖父（ひいじい）さんが建てた、ってこと？」

田辺がぽかんとした顔になる。

「そんなことが……」

田辺は呆然（ぼうぜん）と言って、もう一度棟木を仰ぎ見た。

「江戸時代、大工っていうのは相当重要な仕事だった、っていう話だからな。そう簡単になれるものじゃなかったと。よくわからないが、鳶頭も同じ名字だから、一族だったんじゃないか」

「かもしれません。行正（ゆきまさ）っていう名前は聞いたことがないですけど」

「じゃあ、このあたりには遠野さんの先祖が建てた家がたくさんあるのかもしれない」

敏治さんが言った。

遠山記念館の建築にも携わったのだろうか。何万もの職人がかかわったという話だったし、建てられたのは昭和初期。この家が建てられたのと同じ時期。曽祖父はもう大工として働いていた。

そして……。

イエトハナセル。

この家の言葉を思い出す。家は言っていた。守章は家と話せる、と。

曽祖父は家と話せた。僕と同じように。

「でも不思議だなあ。喜代はなんでモリアキって言ったんだろう？　知ってたのかな。でも棟木は見てないんだ」

敏治さんが首をかしげた。

「そうだなあ。ばあちゃんは案外ほんとに家と話してたのかもしれないな」

田辺が言った。

「遠野がこの家を建てた人と関係がある、って家自身ならわかるのかもしれない」

「まさか」

敏治さんが笑った。

「そうだよな。そんなこと、あるわけない」

田辺も笑った。

食事の片づけを終えて、田辺に川越まで送ってもらうことになった。喜代さんは眠ったままで話すことができなかったが、今度会ったらモリアキのことを話そうと思った。

家を出る。空に朧月(おぼろづき)が浮かんでいた。夜になってもほんのりあたたかい。車に乗って、田畑のなかを走った。

「それにしても驚いたよなあ。あの家を建てたのが遠野のご先祖さまだったなんて」

運転しながら田辺がつぶやく。

「僕もだよ。あの文字を見たとき一瞬頭が真っ白になった」

「石野に話したら、運命だ、ってからかわれそうだな」

田辺が苦笑する。

「そうだな」

僕も笑った。

運命。だけど、ほんとうにそういうものがあるのかもしれない。僕が川越に住むようになったのも、田辺と出会っていたことも。

喜代さんと話して、なにがわかったというわけじゃない。家のことはまだなにもわからないし、僕たちがなぜ家の声を聞くことができるのかもわからない。一生わからないのかもしれない、とも思う。

だけど、つながってる。僕は風間の一族とつながっているし、この土地ともつながっている。田辺とも、そして木谷先生や石野たち、川越の町やべんてんちゃんたち、月光荘とも。出会いはみんな縁になり、僕たちはつながりのなかで生きている。

――家の声はここに住んでたいろんなものが混ざり合ってできたものなのかと思ってたの。だから、わたしも死んだらそのひとつになるのかな、って。

喜代さんの声が耳のなかによみがえる。

「なあ、田辺」

「なんだ?」

「また行ってもいいかな。田辺のお祖父さんの家」

「どうして?」

「いや……また話してみたいな、って」

うまく言えず、口ごもる。

「もちろん。なんもないけどな。じいちゃんとばあちゃんも喜ぶよ。いつでも遊びに来てくれ」

田辺が笑った。

田畑のなかにはぽつぽつとあかりが灯っている。

いまは街道沿いの光で空はぼんやりあかるいけれど、むかしは真っ暗だったんだろう。そこを月と星が照らしていたんだろう。蚕たちも喜代さんもその闇のなかで眠り、夢を見ていたんだろう。

夢のなかを走るように、田畑の一本道を走っていった。

第三話

文鳥の宿

1

窓からあかるい日差しがはいってくる。春休み最後の日、月光荘の番をしながら修論のための論文を読んでいた。今年度は修士論文を書かなければならず、木曜には木谷先生に論文執筆の方針を相談することになっていた。

指導教授の木谷先生は近代文学と地形に関する研究を続けているが、学生の卒論、修論に関しては、広く近現代文学を対象にしていて、とくに地形とからめなければならない、という縛りはなかった。

だが僕はせっかく先生の授業に感銘を受けて木谷ゼミにはいったのだから、どうしても文学作品と地形の関係を扱いたくて、卒業論文では『吾輩は猫である』を題材に、夏目漱石の土地の描写について論じたのだった。

漱石の作品には具体的な地名も数多く登場するし、地図を見ながら小説の描写をたどることも比較的たやすく、漱石の実生活と作品の世界を往復するような楽しみがあった。

卒論を書いたのは、祖父が亡くなったあとだった。祖父はきびしく、介護の日々も苦しかった。そういうことからは解放されたが、相続やら祖父の家のことなどで伯父たちからあれこれ言われていたし、苦手ではあったが唯一の身寄りを失ったことで、かなり不安定になっていた時期だった。

漱石は若いころから神経衰弱やうつ病などをわずらっており、『吾輩は猫である』もそうした病を和らげるために執筆されたものと言われている。そのせいなのだろうか、あの独特の文章のリズムは僕にとって心地よく、救いになった。

木谷先生の要求はなかなかきびしく、ゼミ生たちはみな発表のたびに音をあげていたが、そうしたわけで僕にとっては卒論執筆は苦しいものではなく、むしろそれに没頭することで心のバランスを取っていたように思う。

漱石という作家の世界は大きく、汲み尽くせない力を持っていた。漱石が小説を書いていた期間は十一年、作品数もそれほど多くない。それでも作品ひとつひとつに重量感があり、大きな山、いや山脈のように思えた。

とうてい僕にとらえきれるようなものではないが、少しでも迫りたい気持ちにさせられ、最後は徹夜続きで論文を書きあげた。修論も漱石で、と思っていたが、なかなかにむずかしい。なにしろ漱石に関する論文は無数にあるから、切り口が定まらなかった。

はじめは、作品を『吾輩は猫である』以外にも広げ、卒論のときと同じように作品に登場する地名を扱い、土地が作品にどのような影響を与えるか考察しようと考えていた。だが木谷先生に相談してみると、もうちょっと掘り下げが必要かなあ、と言われた。いっそ研究対象を変えてはどうか、現代作家もいいんじゃないか、とも勧められた。近代でも現代でも、好きな作家はたくさんいる。だが、研究となると話は別だ。漱石から離れることはできそうにない。

川島町（かわじままち）で田辺（たなべ）と会ったあと、文献を探しに新宿区の漱石山房（さんぼう）記念館に足を運んだ。晩年の九年間を過ごした「漱石山房」のあった地に建てられた施設で、漱石の暮らした空間が再現され、直筆の原稿、書簡、初版本などの資料が収蔵されている。

直筆の文字を見ていると、漱石がペンを動かす音や息遣いが聞こえてくるようで、背筋がぞわぞわとした。論文の手がかりになるようなものは得られなかったが、充実した思いで館を出て、そのまま夏目坂（なつめざか）の方に向かって歩くことにした。

夏目坂は漱石が生まれた地である。漱石が有名になってからつけられたのではなく、このあたりの地主であった漱石の父が、自宅の前の坂を自分の姓にちなみ夏目坂と呼んでいたらしい。後世漱石が有名になったことで、名称由来の標識や漱石生誕の記念碑が建てられ、夏目坂の名前も定着したのである。

散策は楽しい。区立小学校の横の細い道を抜け、のんびり歩いていると、頭のなかにふわふわと文章が浮かんでくる。といっても、漱石の小説の一節と自分の思考が混ざったようなとりとめもない短文ばかりで、とても論文にできるようなものではない。

そもそも僕には文学研究なんて向かないのではないか。木谷先生と文学散歩をするのは楽しかった。土地を歩きながら文学作品を思い浮かべ、その記述と重ねる。日常が別の場所に接続するようで心が躍った。

修士課程に進んだのは、祖父の介護で就職活動に出遅れてしまったというのがいちばんの理由なのだが、心のどこかで木谷先生を父親のように感じて、離れることを恐れていたのではないか、といまは思う。

木谷先生といっしょにいると落ち着く。この前田辺からも言われたが、木谷先生はどこかで僕のことをわかっている気がする。家の声が聞こえるなんて、絶対に信じられるはずがない。それでも、木谷先生なら、黙って受け入れてくれるような気がした。

だがそれは研究者になるということとはちがうし、そんなふうにだれかに寄りかかって生きるのはよくないことだ。修士課程が終わったら、僕はいまの居心地の良い空間から旅立たなければならない。月光荘からも。

研究者には向いていない。ではなにに向いているのだろう。田辺や石野(いしの)と話したこともあって、最近は気がつくとそのことを考えている。春になるし、そろそろ方針を決めなければならない。いや、企業への就職を考えるなら遅すぎるくらいだ。

だが僕は、会社勤めをしている自分を想像できない。祖父は安定した会社員になってほしかったのだろうが、自分には向いていない気がする。

会社で働くというのは歯車になることだとよく言われる。会社はひとつの大きな生きものだ。そのひとりになるからには、全体の成長と維持のために働く覚悟が必要だ。

僕にはその覚悟がない。会社の成長や維持が大事なことだと信じられない気がする。きっと途中で絶対に壁にぶつかり、なんのために働いているのかわからなくなる。そうして、なんのために生きているのかわからなくなる。

公務員か教師。それならどうにかできるような気がした。公共のために働くのであれば、会社の利益のために働くよりは納得できる。でもこの前田辺と話して、僕には教員も合っていない気がした。田辺のように遠目から物事を見たり、割り切るのが苦手、というか、どうやったらそんなことができるのかさっぱりわからない。

学芸員や司書の資格も取得したが、学芸員は狭き門だし、司書の職も先細りだと聞いた。ということは公務員しかない。いまから勉強してこの夏の試験に間に合うのか。その前に、公務員試験にもいろいろ種類があるから、どれを受けるか考えなければならない。

修士論文を書きながら試験の準備。課題が山積みだ。なにを書けばいいのか、どの試験を受ければいいのか。もう四月になったというのに、これで大丈夫なのか。少し憂鬱(ゆううつ)な気持ちになり、窓の外をながめる。

ここに越してきて、ようやく居場所が見つかったような気がしていたのに、やっぱり人生には靄(もや)が立ちこめている。どちらに進めばいいのか、どうやって生きればいいのか、全然答えが見えない。なんにしろ、これから忙しくなりそうだな、と思った。

── 2 ──

夕方、地図資料館を閉めてから外に出た。夕食の買い物もしたかったし、一日文献にあたっていたから、とにかく外を歩きたかった。

最近は日が長くなり、夕方になってもそれほど寒くない。季節はめぐる。そういえばはじめて月光荘にやってきたのは、去年の四月のこと。引っ越したのは連休だから、もうすぐ一年になるのだ。

月光荘に住むようになり、「羅針盤(らしんばん)」の安藤(あんどう)さんや「豆の家(まめのや)」の佐久間(さくま)さんと藤村(ふじむら)さんと出会って、「浮草(うきくさ)」の水上(みなかみ)さんが亡くなって、あとを継いだ安西(あんざい)さんと豊島(としま)さんは僕たちと同じ大学で……。笠原先輩たちと切り紙のワークショップもしたし、二軒家から出てきたお雛さまを月光荘に飾ったりもした。どれもこれまでになかった絆を感じさせるもので、ちゃんとなにかを積みあげている、という満ち足りた思いがある。この町に来るまで感じたことのない手応えだった。

木更津の家に引き取られてから大学にはいるまでの僕は、祖父に言われるままで、なにもかも受け身だった。それが大学にはいって木谷先生と出会ったことで、この世界には別の可能性がたくさんあるのだと思えるようになった。

月光荘を紹介してくれたのも木谷先生だし、先生と出会わなかったら僕の人生はどうなっていたのだろう、と思う。

町を歩きながら、またぼんやりと修士論文のことを考えていた。川越は平らな土地で、あまり坂がない。漱石が生まれた夏目坂のあたりも、漱石ゆかりの谷根千も本郷のあたりも坂だらけだし、東京は坂の多い都市なんだな、とあらためて思った。

ああいう坂だらけの土地の方が文学には向いているような気がする。見通しが悪いから想像力がふくらむし、身を隠すところがたくさんあるからうちにこもるのもたやすい。人の心も見えにくい。

川越の町は江戸、とくに日本橋あたりを手本にして作られたと言われるが、日本橋も平たい町だ。商人の町は平たい、見通しの良い場所が向いているのかもしれない。きっとものを運ぶには平たい土地の方が都合がいいからだろう。

むかしは荷物は船で運ばれたから、町は川に沿ってできる。川越もそうやって栄えた町だ。多くの船が浅草と行き来していたのだと市立博物館の展示で見た覚えがあった。

もう日暮れどきで、一番街の店は閉まり、人もほとんどいない。

このあたりは平日も土日も日中は観光客でごったがえしている。昼間は大学に行っているか月光荘にいるかで一番街を歩くことはあまりないのだが、ときどき用事で外に出ると、菓子屋横丁のあたりも人でいっぱいで、身動きが取れない。

それが五時になると、さあっとみんないなくなる。夜まであかるい東京とはまったく違う。川越駅の方まで行けば話は別なのだが。越して来たころはこの変化に驚き、夜の町の闇に畏れを感じたものだが、いまはこの暗さが川越のもうひとつの魅力だと思う。

札の辻で左に曲がり、高澤橋に向かって歩いた。この時間なら浮草はまだ開いている。浮草には日本文学関係の本もたくさんあるから、修論のヒントが見つかるかもしれない。すっかり暗くなった橋を渡り、浮草に向かって歩いた。

ガラス戸をあけ、なかにはいる。客もまだ何人かいた。カウンターには安西さんが座っている。僕が来たことには気づいていないみたいで、手元の本に目を落としていた。

曲もなく、ひっそりしている。ふたり連れの客は小声でなにか話しながら店を出て行った。もうひとり、本棚の前に立ってじっと本を吟味(ぎんみ)している男性がいた。

僕も反対の本棚の前に立ち、漱石にまつわる本を探した。本の背をながめていると、ささやくような声が紙片が舞うようにひらひらと降ってくる。

この店の声。耳を澄ますと、なにかの本で読んだ一節が混ざっていて、この声はすべてここにある本、かつてあった本のなかの言葉なのだろう、と思う。小さな声が重なり合い、ひとつひとつの言葉は聞き取れず、木々のさざめきのようだ。

漱石関連の本が集まっている棚にこれまで見たことのなかった研究書を一冊見つけて取り出す。なかを開いて、これは前に大学の授業で聞いた本だと気づいた。おもしろそうだったから大学の図書館を探したが、収蔵されていなかった。

まさかここで見つかるとは。幸運に感謝しながらぱらぱらとページをめくる。漱石の作品の語りに注目したもので、小説以外の漢詩、俳句などの作品にも触れている。ここで買わないと二度とお目にかかれないかもしれない。

だが、手持ちでは足りない。いったん月光荘まで戻っていたら閉まってしまうだろう。日を改めるか。これを買っていく人はそうそういないだろうけど、念のため取り置いてもらおう、と本を持ってレジに向かった。

「ああ、遠野先輩」

レジにいた安西さんが顔をあげる。さっきひとり残っていた客もいつのまにか帰ってしまったようで、客は僕ひとりだった。

「すいません、全然気がつかなくて」

安西さんは照れたように笑った。水上さんが亡くなってしばらくは魂を抜かれたような顔をしていることが多かったが、最近はだいぶ笑うようになった。

僕にとって木谷先生が父親みたいなものなのと同じように、安西さんにとっては水上さんが父親のようなものだったのかもしれない。僕とちがって、安西さんには実のお父さんがいる。水上さんとのつきあいは一年に満たない。それでも強い信頼が生まれることはあるのだと思う。

「ぎりぎりの時間に来てごめん。この本がほしいんだけど、いま手持ちのお金がないんだ。月光荘に取りに戻ると時間がかかってしまうから、明日また来ます。それまで取り置きをお願いできるかな」

そう言って、本をレジの上に置いた。

「ああ、いいですよ、お持ちください。お金は今度来たときで大丈夫ですよ」

「いいの？」

「遠野先輩ですからね。家も学校もわかってますし」

安西さんがくすくすっと笑った。たしかに家も学校もわかっている。電話番号やメールアドレスだって知っているのだ。

「じゃあ、ありがたく。なるべく早く払いに来るよ」

「そうですね、なかなか来なかったら月光荘まで取り立てにいきます」

冗談っぽく言うと、本を袋に入れてくれた。

「そうだ、ちょっと遠野先輩に相談したいことがあったんです」

「なに？」

「話すとちょっと長くなるんですが、浮草に変わった仕事の依頼がありまして……」

安西さんが考えながら言う。

「ここで『三日月堂（みかづきどう）』のワークショップをしてるじゃないですか。その縁で、これまでもときどき印刷を頼まれることがあったんです。文字の少ない簡単なものならここで自分で刷ってもらうこともできますし、複雑なものは三日月堂に発注しています。でも、今回は印刷だけじゃなくて、冊子作り全体を頼まれまして」

三日月堂とは川越にある活版（かっぱん）の印刷所だ。安西さんは立花（たちばな）ゼミ出身で、大学三年生のときの雑誌のグループ制作の課題で三日月堂に印刷を頼んだ。浮草との出会いもそのグループ制作が発端なのだ。

浮草の前の店主の水上さんは、店のリーフレット「浮草だより」に「雲日記」というエッセイを連載していた。水上さんが亡くなる前、その「雲日記」をまとめて本にしたのだが、その印刷を請け負ったのが三日月堂だった。

以来浮草と三日月堂には深いつながりがある。三日月堂が人も仕事も増えて手狭になったこともあり、小型印刷機をひとつ浮草に移し、ときどきこちらで活版印刷体験のワークショップを行っている。

「依頼してきた人はここの常連さんなんです。わたしたちが雑誌即売会を開いたときにも来てくれて、うちの班で作った『街の木の地図』を買ってくださっていたみたいで」

立花ゼミの三年生は、グループ制作で町をテーマにした冊子を作る。課題になる町は毎年変わり、安西さんたちのときは川越だった。そして、最後にできあがった冊子をその町の会場で販売し、売れた数を競うのだ。

安西さんや豊島さんのグループが作ったのが「街の木の地図」だった。課題は冊子作りだが、「街の木の地図」は正確には一枚の大判のイラストマップだ。表に川越の町にある大木をマッピングし、裏面にはそれぞれの木にまつわる町の人の思い出を載せていた。

豊島さんの文章も安西さんのイラストも出来が良く、全体もよくまとめられていたし、活版印刷を使ったことで独特の風合いが出て、販売会ではなかなかの売り上げだった。木谷先生やべんてんちゃんも買ったらしい。

「頼まれたのって、どんな冊子なの？」

「あたらしくできる宿のリーフレットなんです」

安西さんの話では、近く川越にあたらしい宿ができるらしく、そこの経営者から宿に置くリーフレット作りを頼まれたらしい。

「蓮馨寺（れんけいじ）の裏手にあって、むかしは料亭だった建物をリノベーションしたそうで」

料亭「新井（あらい）」は大正時代から続く老舗（しにせ）だったが、前の経営者の子どもが継がなかったため、十五年ほど前に廃業して、以来空き家になっていた。そろそろ取り壊すか、という話になったとき、孫が継承したい、と申し出たらしい。

ただ、料亭ではなく、宿にしたい。川越は大きな観光地になったのに、宿が少ない。川越駅や本川越（ほんかわごえ）駅の周辺にホテルはあるが、町中には宿がほとんどない。川越は東京から近いので、観光客はほとんど日帰りなのだ。

ここ数十年の努力によって、町は整えられ、見どころも増えた。もともと観光資源は豊富だから、一日ではとてもまわりきれない。これからは宿泊して、もっとゆっくり見てまわりたいという人も増えてくるかもしれない。

とはいえ、問題もある。観光地化は住民にとって好ましいことばかりではない。町が常時混雑し、騒々しい。これまでふつうに買い物していた店に近づくこともできない。宿泊客が増えれば騒々しさが夜まで続く。それを危惧する住民も少なからずいた。

孫の美里さんはまだ二十八歳と若く、もとは東京の会社員で、宿泊施設に勤務したことも、経営の経験もない。宿にするためには建物の改築などを含めて相当の資金が必要で、はじめたところでうまくいくのか、という心配もあった。

それで、家族や周辺の住民ともずいぶん長く話し合い、なんとか開業する運びとなったのだ。宿の名は「庭の宿・新井」。耐震基準を満たすように改築を行い、古い形を活かしながら宿として使えるように構造を整えた。

部屋数を限定し、その分一部屋ずつをゆったりした造りにして、価格を高めに設定した。一日五組限定で、夕食の提供はなく、外の店で食べてもらう。

「でも、川越の町は夜早いだろう？　お客さん、食事の場所を探せるのかな？」

気になってそう訊いた。

「ええ。でも料亭は夜でも営業してますし、夜も開いているレストランがないわけじゃない。だから、近所の料亭やレストランと提携して、宿泊予約の際に食事の店の予約を入れられるようなシステムにしたんだそうです」

「だったら安心だね。レストランも自分で予約するとなると、面倒だと思うお客さまもいるだろうから」

悪くないアイディアだ。外に出ればあの魅力的な夜の川越の町を歩くこともできる。

「『新井』はもともと料亭ですから、食にはかなりこだわっているようです。朝ごはんは契約農家から食材を仕入れて、充実したものにするとか。でも夕食の方は、こだわりがあるからこそいろいろ決めきれないみたいで」

「なるほど」

「それで宿の経営が安定するまでは朝食だけに力を入れる、ってことになったみたいです。軽い食事や居酒屋みたいな店を希望する人には、夜でも開いている店をまとめた『夜ごはんマップ』を渡して、自分で決めてもらうこともできるそうで……」

「おもしろいね。宿にこもってしまうよりかえっていいかもしれない。僕は暗くなってからの川越の町並みがけっこう好きなんだ。日帰りの人たちはあれを見てないんだと思うと、もったいない気がしてた」

「そうですね。あの雰囲気、わたしも好きです」

安西さんも僕も、川越の外からやってきた。だからずっと川越で育ってきたべんてんちゃんとはちょっと感覚がちがう。べんてんちゃんからしたら慣れっこになっていてなんでもないものも、僕たちには新鮮に映った。

「美里さんは、お客さまとの心のつながりを大切にしたいと考えているようで、そのために、宿オリジナルのリーフレットを作りたいと」

「それを浮草に？」

「はい。美里さんはむかしから浮草の常連で、『浮草だより』もずっと読んでいたそうなんです。それで、宿にもこういう手作りの冊子を置きたい、って。水上さんが亡くなったあとの『浮草だより』をわたしたちが作っていることも、『街の木の地図』のことも知っていて……」

「なるほど」

「最初は活版の冊子を作りたい、ってことかな、と思ったんです。だったらうちじゃなくて三日月堂さんに通した方がいいな、って。でも、印刷だけじゃなくて、冊子の編集や取材にも携わってほしい、と。三日月堂さんは印刷所ですから、そこまでは頼めない」

安西さんは言葉を探しているのか、そこで少し止まった。

「豊島さんはすごく乗り気なんです。三年の冊子作りのあと、取材や記事の執筆に興味が出てきたらしくて。大学院で研究論文書くのもいいけど、実際の雑誌作りに携わりたいと思っていたようで、絶対にやりたい、って」

「安西さんは？」

「わたしは……。興味はありますけど、はじめてのことだし、ちゃんとできるのか心配で。ここの仕事もまだ完全に慣れたわけじゃないですし。でも、せっかく三日月堂っていう強い味方がいるんだし、古本屋だけではこの先立ち行かなくなるかもしれないし、やるべきかな、って」

途中は迷ったような口調だったが、最後は言い切った。

「いいと思うよ。きっと美里さんという人も、手探りであたらしいものを作りたいと思ってるんじゃないかな。そういうのってプロにまかせればそれなりのものができるんだろうけど、マニュアル化されててどれも同じに見えちゃう気がする」

「そうか。そうですね」

安西さんの顔にほっと笑みが浮かんだ。

「素人くさいものになるのを心配してたんですが、そうですよね。手探りで作った方がいいのかもしれない」

「それで？　僕に相談したかったのは引き受けるかどうか、ってこと？」

「ええ、それもあるんですけど、とにかくわたしたちもはじめてのことで……。川越の町のこと、まだまだわからないですし、遠野先輩やべんてんちゃんにいろいろ訊きたいな、と思って」

「そうだね。僕はともかくべんてんちゃんは川越にくわしいし、人脈もあるから、取材の依頼もしやすいと思うよ。頼んでみよう。僕もなにかできることがあれば手伝うよ」

そう言ってから自分の言葉に少し驚いた。

なにかできることがあれば？　以前は、自分に「なにかできることがある」なんて考えたこともなかったのに。

「ほんとですか？」

安西さんがうれしそうな顔になった。

「いや、自信はないんだけど。ただ、僕自身、川越のこと、もっとよく知りたい、って思うんだ。最近とくにね。なんでだろう、自分がどういうところに住んでいるのかちゃんと確かめたい、っていうか……」

土地とつながりたい、みたいな気持ちが強くなっている。

「あ、なんか、少しわかります。生きるってそういうことですよね。それに、いまできることだけやってるんじゃダメなんだ、って三日月堂の弓子（ゆみこ）さんにもよく言われるんです。あたらしいことに取りくまないと先細りになる。ちょっとわかった気がする……」

安西さんがつぶやく。安西さん、変わったなあ、と思った。

この町でできることを探す。その土地に住む人、その土地の歴史。そうしたものに触れて、根づいていく。たしかに、生きていくというのはそういうことなのかもしれない、と思った。

3

翌日から大学がはじまった。ちょうど学部生のゼミもその日で、教室に顔を出すと新三年生、四年生が集まっている。

去年の四年は卒業し、べんてんちゃんたちが四年生。三年は木谷先生の授業で見覚えがある学生が半分、半分ははじめての顔ぶれだ。

べんてんちゃんが四年生。なんだか不思議な気持ちになる。だが、僕たちもそうだったのだ。先生たちはこうやって学生たちが代替わりしていくのを毎年見ているんだな。

高校でも中学でもどこでも、学生も生徒もなんとなく学校の中心は自分たちだと思っているけれど、実際には毎年入れ替わっていく。先生たちだって数年、数十年で入れ替わっていくわけで、学校の本体は校舎なのかもしれない。

だが校舎だって建て替えられることもある。となると本体は学校の名前だけ？　いや、名称が変わることもある。学校を形作っているのは積み重ねてきた歴史、ということか。

人体でも細胞は日々入れ替わっているらしい。骨でも数年経てば構成物は全部変わるという話だから、生物でも社会でも、そもそも変わらない本体などというものはなく、すべてが移り変わっていくものでできているのかもしれない。

新三年生、四年生の自己紹介が終わり、木谷先生にうながされて僕も自己紹介した。今年は木谷先生のところに院生ははいらなかったから、僕ひとりである。

先生は僕が月光荘の管理人をしていることを話し、月光荘や地図資料館のことも説明した。地図資料館は木谷ゼミの研究にはとても役立っていて、去年の卒論生も秋にはずいぶん資料館の地図を利用していた。

木谷先生が学会などで宣伝しているので、最近では他大からもときどき卒論や修論の資料を探しに学生がやってくる。大学や町の図書館にも古い地図は所蔵されているが、資料館の地図は数が多いし、全国のものがそろっている。住宅地図のような変わったものも含まれているので、丹念に探すといろいろ発見もあるらしい。

木谷先生が写真を見せると、新三年生はものめずらしいのだろう、声をあげながらのぞきこんでいる。なんだか初々しい。去年はふわふわした感じだった四年生がずいぶんしっかりしているように見えた。

ゼミの最後に木谷先生が、来週は新四年生の卒論の方針を発表してもらう、と言った。四年生はざわざわとして、おたがいの顔を見た。春休み前に、各人考えておくようにという話はあったが、まだ固まっていない人も多い様子だった。

帰り、べんてんちゃんといっしょになったので、卒論のことを訊いてみた。

「わたしは……」

べんてんちゃんがうーん、と考えこむ。

「『となりのトトロ』で書きたいと思ってるんですけど……」

「『となりのトトロ』って、アニメの？」

「はい。トトロの舞台は所沢でしょう？　トトロに描かれた埼玉の風景……あと、その前に『パンダコパンダ』っていう作品もあって、そっちは地名は出てこないんですけど、やっぱり埼玉っぽい風景が出てくるので……。でもアニメじゃダメですかね？」

意表を突かれたが、べんてんちゃんらしい気がして、ちょっとうれしくなった。

「子どものころ、それこそ何百回も見たんですよ。あの風景がなつかしい、っていうか、別にああいうところを知ってるわけじゃないんですけど……。所沢だと言われているけど、そこまで現実そのままじゃなくて、どこでも取れるような風景になってるでしょう？　そこもおもしろいし……」

「そうだなあ、木谷ゼミは絶対小説じゃないとダメ、っていう決まりはなかった気がするけど……。僕たちの前の年にマンガについて書いた人がいたよ。マンガと団地の風景、っていうテーマで」

「ああ、なるほど、マンガと団地……」

「あの舞台はここ、っていう聖地巡礼的な内容だけだと論文として認められないと思うけど、ちゃんと着眼点があれば大丈夫なんじゃないかな。そういえば、木谷先生はトトロ好きだって言ってたし」

「そうなんですか？　じゃあ、大丈夫かな」

べんてんちゃんがほっとしたように微笑む。

もうだいぶ前、僕が学部三年のときだったと思う。木谷先生が飲み会で、最近久しぶりに見て何度も泣いた、と言っていた。たぶん酔って口を滑らせたんだろう。学生たちに、泣いたんですか、と突っこまれて、この歳になってから見るとちがうんだよ、とムキになって言いかえしてたっけ。さすがにそのことはべんてんちゃんには言わないでおこう。

「ところで先輩はどうするんですか、修論。漱石で書くって言ってましたよね？」

「うん。でも実はまだあまり方針が立ってなくて……」

苦笑いした。

「あ、それより、べんてんちゃんにちょっと頼みたいことがあるんだけど」

「なんですか？」

「実は、この前浮草で安西さんと話しててね」

話を変えたいのもあって、宿のリーフレット作りの話を切り出した。

「『新井』って、あのむかしの料亭ですか？　蓮馨寺の裏の？」

「知ってるの？」

「ええ。近いですから。うちはむかし、行事のときによく新井を使ってたんです。姉やわたしの初宮参りとか、七五三のあとの会食でも新井に行きましたし。あ、でも、わたしが七歳になる前に閉店しちゃったから、七歳の七五三は別のお店だったんですけど」

べんてんちゃんが思い出すように言った。

「小さかったけど、なんとなく覚えてますよ。広くて、迷路みたいで、母が言うには、わたしはえらく新井を気に入って、『御殿みたい、ここに住みたい』って言い張って大変だったとか」

いかにもべんてんちゃんらしい話で、思わず笑いそうになる。三歳のべんてんちゃんか。

どんな感じだったのだろう。

「家に写真もありますよ。そうか、宿になるのか。ちょっと見てみたいですねえ」

「安西さんが今度打ち合わせに行くことになってるみたいだから、そのときいっしょに行けるかどうか訊いてみようか」

「ほんとですか？　行きたい」

べんてんちゃんが元気よく言った。

安西さんは物静かだし、僕も話がうまいとは言えない。豊島さんはしっかりしているが、べんてんちゃんみたいなムードメーカーがいると話は進めやすいだろう。安西さんに連絡すると、べんてんちゃんがいっしょだと心強い、ぜひいっしょに、と言われた。


安西さんが新井に連絡して、打ち合わせの日程が決まった。

土曜の夜、浮草に集合し、店を閉めてから、豊島さん、安西さん、べんてんちゃんとともに新井に向かった。

養寿院(ようじゅいん)の前の道を抜けて通りを渡り、細い道を少し行くと生垣に囲まれた門が見えた。営業していないので表札は外されているが、木々の隙間(すきま)から立派な木造建築が見える。

「間口(まぐち)は狭いんですけどね、奥に広いんですよ。廊下がずっと続いてて。途中にいくつか庭があって……御殿みたいだなあ、って思った記憶が……」

門をくぐりながらべんてんちゃんがつぶやく。

初宮や七五三のあとの会食が新井だったという話を聞いたときは、そんなものなのか、と思っただけだったが、考えてみると、僕は生まれてこのかた料亭なるものにはいったことがない。この町の古くからの住人は親戚(しんせき)の集まりをこういう料亭で行うものなのか。

玄関の前には常緑樹のつやつやした葉が茂っている。建物のなかには電気がついていた。玄関の広い土間と畳敷きの部屋、その向こうの中庭が一気に目にはいってくる。

「玄関は、むかしの写真と同じですね……」

べんてんちゃんが入口を見まわしながら言う。ガラス戸を抜け、玄関にはいった。

これが料亭……。川島町で行った遠山(とおやま)記念館のような大きさはないが、さすが歴史のある建物だ。見るととなりにも部屋がある。真新しい木のカウンターがあり、あれは宿用にあたらしく作ったフロントなのだろう、と思った。

フロントの部屋には、木と布で作られた座り心地のよさそうなソファがいくつかと、古いテーブルも置かれていた。壁際の棚の上には古い写真が飾られていた。

場所はこの新井の建物の前だ。だいぶ前のものなのだろう。いまとは植え込みや玄関の様子が少しちがうが、門などはそのままだ。子どもから老人までさまざまな年齢の人がずらりとならんでいる。みなどこか似ているので、一族写真だろうか。

「ここがロビーってことなのかな」

豊島さんが言った。

「でも、だれもいませんね」

べんてんちゃんがあたりをきょろきょろ見まわした。

「ごめんください。浮草の者です」

豊島さんが奥に向かって呼びかけた。ややあって廊下の向こうから音がして、ジーンズ姿の女の人が急ぎ足で出てきた。

「ごめんなさい、ちょっと奥を片づけてて……」

女の人はそう言うとべんてんちゃんと僕を見た。

「あ、この前お話しした、遠野さんと松村（まつむら）さんです」

安西さんが言った。

「こんにちは。宿の主人の新井美里です」

そう言われ、軽く頭をさげた。

「とりあえずあがってください。いまお茶を用意しますから、そちらのソファにかけていただいて……」

美里さんがフロントの部屋のソファを指した。

靴を脱ぎ、部屋にあがる。

真ん中のテーブルは大きい。三人がけのソファがふたつテーブルをはさんで向かい合っていて、左右にひとりがけが置かれている。八人座れる広いスペースだ。

安西さんと豊島さんが三人がけのソファに腰かける。安西さんは心なしか緊張しているみたいだ。僕は横のひとりがけに座った。べんてんちゃんはそわそわと歩きまわり、中庭の前の廊下の左右をのぞいたりしている。

やがて人の気配がして、お盆を持った美里さんがあらわれると、べんてんちゃんはあわてて反対側のひとりがけに座った。美里さんはみんなの前にお茶を置き、安西さんたちの向かいの三人がけに座った。

あらためて自己紹介をする。驚いたことに、美里さんは学部はちがうが僕たちと同じ大学の出身だった。一般教養で立花先生や木谷先生の授業も受けたことがあるらしい。浮草で開かれた即売会も、うちの大学のゼミのイベントと知ってやってきたのだそうだ。

「だから、後輩が浮草を継ぐことになったって聞いてびっくりしました」

美里さんが笑った。

「でもほんと、『街の木の地図』も、最近の『浮草だより』も良くできていると思います。

それで、うちのリーフレットもお願いしたいな、と思って……」

「ありがとうございます。わたしたちもはじめてのことで手探りですが、雑誌作りには前から興味がありましたし、精一杯がんばりたいと思ってます」

安西さんが真剣な顔で言った。

「それで、具体的にはどんなリーフレットをお考えですか？　大きさやページ数、それに目的……。宿に泊まった方に配るもの、ということで良いのでしょうか？」

豊島さんが訊く。

「そうですね、まだはっきりしたイメージがあるわけじゃないんです。でも、前にお話ししたように情報だけにしたくない。宿にいるあいだ楽しんでもらって、記念に持ち帰って、あとでまたそれを見て、旅をふりかえってもらえるような内容にしたいんです」

「旅をふりかえれるような内容……」

豊島さんが唱えながらメモを取る。

「安西さんにリーフレットの話をしてから、自分でもいろいろ考えてみたんです。たとえば、一度泊まっていただいたお客さまには、その後もあたらしい号をお送りしてもいいかな、って。発行は季節ごとで年に四回くらいで……」

「なるほど。季節が変わったらまた別の楽しみ方がありますよね。また訪ねてきてくれるかもしれないし、ほかの人に紹介してくれるかもしれない」

豊島さんがうなずく。

「もちろん、そうなったらうれしいですけど、即効性はなくていいんです。『浮草だより』も毎号読んでいる常連客は多いでしょう？　それがお客さまとの絆になってる。それで数年後でも、またなにかの機会に行ってみようか、と思ってくれれば……」

美里さんが答える。

「メールマガジンみたいな形もありますけど、やっぱりものがあるとちがいますよね」

べんてんちゃんが言った。

「メールだとほかのメールに埋もれて忘れてしまいますし、サイトを充実させてもそもそもサイトを見てくれないと意味がない。でも手紙が届けば気づいてくれるし、手元にも残りますよね」

安西さんが考えながらつぶやく。

「そうなんです。それに、制作費や郵送費もかかるけど、紙の魅力はやっぱり捨てがたいなあ、って。でも、その分、いいものを作らないといけない。単なる宣伝チラシだったらやっぱり捨てられてしまうでしょうし、それは資源の無駄だと思うんです」

「つまり、宿を宣伝するためではなく、お客さまとの絆を作るためのリーフレット、ということですね」

　僕がそう言うと、美里さんははっとしたようにこちらを見た。

「そうです。それがいちばん大事なことかも」

「絆っていうと抽象的な感じがしますけど、絆を作るものがなにかを考えるといいのかもしれませんね」

　思いついて、僕は言った。

「絆を作るものですか？」

「はい。うまく言えませんけど、絆は共通の記憶によって生まれるのかな、って思ったんです。記憶を共有できる場所が絆を生み出すんじゃないか、と」

「共通の記憶……なるほど」

　美里さんがうなずいた。

「そういえば、『街の木の地図』を作ったときに思いました。川越の町の人たちに話を訊くと、みんなそれぞれ木にまつわる思い出を持っていて……。木が記憶のよりどころになっていたんです。記憶はそれぞれ違うけど、木をきっかけに人の気持ちがつながるような瞬間もあって、すごいなあ、って」

　豊島さんが言った。

「この宿もきっとそういう記憶のよりどころになりますよね」

安西さんがあたりを見まわす。

「そういえば、わたし、ここが料亭だったころを知ってるんです」

べんてんちゃんが言った。

「え、ほんとに？」

美里さんが目を丸くした。

「はい。うちは松村菓子店っていって、この近くなんです」

「え、松村さんって、あの松村菓子店の？　そうだったんだ。カステラ、おいしいですよね。わたしもときどき買います」

「ほんとですか。ありがとうございます」

べんてんちゃんがぺこっと頭をさげた。

「わたしが小さいころは、親戚の集まりはいつも新井でした。わたしの初宮や七五三のあとの会食もここで……。まだ小さかったからはっきりした記憶はないんですけど、町にはここの記憶を持っている方がたくさんいるでしょう？　そうしたものを集めてもいいんじゃないか、って」

「ああ、それいいね、読んでみたい」

豊島さんが身を乗り出す。

「いろいろあたらしくなっているけど、むかしの面影もちゃんと残ってる気がしました。廊下の感じとか、中庭も……。そういう部分の写真に逸話を添えて載せるとか……」

さっきべんてんちゃんが廊下や中庭をのぞいていたのを思い出した。

「建物もですが、食事も気になります。夕食は外だけど、朝食には力を入れる、っておっしゃってましたよね」

豊島さんが訊いた。

「はい。と言っても、料理自体はシンプルで、素材の良さで勝負するつもりです。契約している農家があるので。そこで穫(と)れたお米を土鍋(どなべ)で炊いて、お味噌汁(みそしる)に季節の野菜の蒸し物、季節の焼き魚。調味料もこの近くで作られたものを使う予定なんです」

「素敵ですね。朝食や季節の野菜、農家のお話も紹介できたら……」

安西さんが目をかがやかせた。

「なるほど、いい考えですね。あ、そういえば、まだ宿の中を案内していませんでしたね」

美里さんが思い出したように言う。

「宿の中！　見たいです！」

べんてんちゃんが食いつく。

「小さいころ、わたし、この建物をすごく気に入ってたらしいんです。御殿みたいだって言って、帰る時間になってもなかなか出ようとしなかった、って。今日も宿のなかがどうなってるのか気になってて……」

「ごめんなさい、最初に案内するつもりだったのに、すっかり忘れてて……」

美里さんが苦笑いする。

「そうしたら、まずは宿のなかをひとまわりしましょうか。なかを見るといろいろ思いつくこともあるかもしれませんし」

そう言って立ちあがった。

みんなで廊下に出て、美里さんについて宿のなかをまわった。

べんてんちゃんが言っていたように、間口はそれほどではないが奥に深い。廊下の右側が部屋で、左は池のある中庭。途中、座敷をはさんで奥にはもうひとつ坪庭（つぼにわ）がある。真ん中あたりに井戸らしきものがあり、植物がバランスよく配置されている。

料亭だったときのひと部屋は大小あり、小さい部屋はそのままでは客室にできない。そのためいくつかをまとめてひとつの客室とした。造りを活かすため、小さい部屋がいくつもある形になっていた。

どの部屋も居間と寝室のふた部屋はある。もとはすべて和室だったが、外国人観光客の利用も考え、寝室だけ木の床にしてベッドを置いた部屋もあった。二階には特別大きな貴賓室もあり、部屋の窓から庭を見下ろせるひときわ贅沢な造りだった。

なかをまわるうち、ときどき声が聞こえた。家の声だ。にぎやかな笑い声のようなもの。しんみりした声や、怒ったり、泣いたりする声も聞こえる。どれもかすかでなにを言っているのかはっきりとはわからず、しとしとと降る雨のようだった。

「記憶の通り、御殿だった。ここに泊まりたいなあ」

貴賓室の畳をなでながら、べんてんちゃんがため息をつく。

「わたしたちにはまだちょっとむずかしいかもね」

安西さんがなだめるように笑った。

宿を一周したあとロビーに戻り、ふたたびリーフレットの相談をした。とにかく最初は続けることが大事。あまり欲張らず、その分きっちり作ろう、と方針を固めた。

印刷は三日月堂に依頼。浮草のふたりがパソコンで版下を作り、樹脂凸版で印刷。郵送料を考え、リーフレットは浮草と同じＡ４サイズ一枚。これなら三つ折りにすれば定型郵便料金の封筒に入れることができる。

内容は、町の人が語る新井の思い出、川越のスポット紹介、季節の野菜と料理。思い出とスポット紹介は豊島さんが取材して執筆、季節の野菜と料理は美里さん。

最初から三つ折りの形にすると考え、豊島さんがオモテ面とウラ面の図を書いて計画を立てた。オモテ面は、表紙が一面、新井の思い出が一面、季節の野菜と料理で一面、ウラはスポット紹介で二面使って、あと一面が裏表紙。

今回は作成日数が限られているので、新井の思い出はべんてんちゃんのお母さんにインタビューすることが決まった。

「スポット紹介はどうしますか？　一番街や『時の鐘』みたいな、ガイドによく載ってるところじゃない方がいいですよね」

豊島さんが言った。

「神社やお寺もちがいますよね。いっそ月光荘の地図資料館とか……」

安西さんが首をひねる。

「浮草もいいと思うけど、それだと内輪感が出ちゃいますよね」

豊島さんが腕組みする。

「じゃあ、喫茶店めぐりはどうですか？」

べんてんちゃんが言った。

「喫茶店めぐり？」

「はい。川越、けっこう特色のあるいい喫茶店が多いんですよ。安藤さんの羅針盤とか、佐久間さんの豆の家さんは知り合いですから、声もかけやすいですし」

「三日月堂の取引先の『桐一葉』もいいお店ですよ」

安西さんが言った。

「そうなんですね。羅針盤も桐一葉も話にはよく聞きますが、行ったことがなくて」

美里さんが言った。

「川越育ちなのに、すみません。あんまり喫茶店に行く習慣がなくて、とくに地元のお店は全然知らないんです」

「たしかに喫茶店にはいるのって、大学の近くで友だちとしゃべるときか、出かけた先ですよね。地元でははいらないかも」

豊島さんがうなずく。

「そうなんですか？　僕はときどき無性に喫茶店で珈琲を飲みたくなりますけど」

僕が言うと、みんなこっちを見た。

「家でも淹れられますけど、やっぱり専門店で淹れた珈琲はちがいますし、店の雰囲気が好きなんです。特別な時間が流れていて、気分転換になる、っていうか」

「特別な時間。いいですね」

美里さんがうなずく。

「でも、考えたらそれは川越に来てからのことかもしれません。羅針盤や豆の家の珈琲と出会って、珈琲に対する見方が変わったんです」

「桐一葉の珈琲もとてもおいしいですよ。それにあそこには三日月堂が印刷している俳句コースターがあるんです」

「俳句コースター？」

安西さんによると、桐一葉の店主は俳句が好きで、店で出すコースターに俳句を入れているらしい。文字は三日月堂の活版印刷。毎月あたらしく季節の俳句のコースターを作り続けているので、もう数十種類あるのだそうだ。

「旅先でいい喫茶店に行きたい、という人は多いですし、喫茶店めぐり、いい企画だと思います。旅行雑誌にも載ってると思いますけど、そんなにくわしく掘りさげられてるわけじゃないですからね。お店の人の思いを伝えるのはおもしろいかも」

美里さんも乗り気みたいだ。

「じゃあ、内容はだいたい決まりましたね」

安西さんが計画書を確認する。

「あ、でも、表紙はともかく、裏表紙に一ページ使うのはもったいなくないですか？」

べんてんちゃんが裏表紙の欄を指して言った。

「前の浮草だよりではここに水上さんの『雲日記』がはいってたんですよね」

安西さんがつぶやく。いまは雲日記に代わるものがなく、そのページには雲日記の一節の再録に安西さんのイラストをつけたものが載っている。

「編集後記、っていう手もあるけど、下手につけると内輪受けっぽくなっちゃいますし」

豊島さんが首をひねった。

「たしかにそこに雲日記みたいなものが載ってたら素敵だけど……」

美里さんが笑った。

「でも、それはおいおい考えましょう。この内容がきっちりできたら、それだけでじゅうぶんいいリーフレットになると思うの。浮草だけじゃなくて、遠野さん、松村さんにもバイト料はお支払いします」

「え、いえ、わたしはそんな……」

べんてんちゃんが両手を横に振った。僕もそんなつもりはなかったので少し驚いた。

「けじめですから、ここはきちんとしましょう」

美里さんがきっぱり言った。

「そうだね。その代わり、ちゃんとしたものを作ろう。べんてんちゃんもよろしくね」

豊島さんにびしっと言われ、べんてんちゃんが、はいっ、と神妙な顔でうなずいた。

4

どの店も土日は忙しいから平日の早い時間に、ということで、翌週の水曜日、美里さん、豊島さんといっしょに喫茶店をめぐることになった。

べんてんちゃんは授業、安西さんは浮草の仕事があるから、僕が録音と記録用の写真係になった。ほんとうは豊島さんとふたりでもよかったのだが、これからお世話になることもあるだろうしあいさつしておきたいから、と美里さんも同行することになったのだ。

豊島さんは月曜日、べんてんちゃんのお母さんの話を聞きに松村菓子店に行ったらしい。僕は授業があって参加できなかったが、なかなか実りのある取材ができたと言っていた。

べんてんちゃんも言っていたが、松村家ではむかしから法事や記念日など、家の大きな行事では必ず新井を使っていたそうで、べんてんちゃんのお父さん、お母さんの結納(ゆいのう)も新井だった。だからアルバムにはたくさん新井の写真がある。

最近はスマホで写真を撮るから、みんなたくさん写真を撮るが、むかしは特別のときしか撮らなかった。旅行、親族の集まり、学校行事。だから家の写真より、行事が行われた場所で撮ったものの方が多くなる。

松村家にとって、新井はそういう場所だった。ハレの記憶が宿る場所だ。

べんてんちゃんの小さいころの写真も見せてもらったらしい。七五三に新井で撮った着物姿の写真だ。

「すごくかわいくて。でも、顔はいまとあんまり変わらなかったなあ」

豊島さんは笑った。

新井に集合。養寿院に通じる小道を進み、出世横丁(しゅっせよこちょう)を抜けて一番街に出た。

「そういえば最近、鐘つき通りにスターバックス、できましたよね。この前、勉強も兼ねて見に行ってみたんですけど、なかなかよかったですよ」

美里さんが言った。

川越の旧市街地についにスターバックスが来る、と開店前から話題になっていた。時の鐘の近くにあり、古い建物の改築ではなくすべて新築なのだが、「まちづくりガイドライン」などに基づき、蔵造り(くらづく)の町並みに合うデザインになっている。

「そうなんですね。前は何度か通りましたけど、まだはいったことはなくて……」

僕は言った。羅針盤や豆の家の珈琲が好きだから、ひとりで珈琲を飲みに行くとなるとどうしてもそっちに行ってしまう。

「わたし、実はまだ見てないんです。噂は聞いてて、安西さんと今度行ってみようね、って話してはいるんですけど」

「羅針盤に行くなら鐘つき通りも通るし、そのとき見られますよ」

一番街から鐘つき通りにはいる。

「うわあ、平日なのにかなり混んでますね」

豊島さんが声をあげた。平日だというのに一番街にも鐘つき通りにも人がいっぱいだ。

「浮草のあたりはこんなふうにならないけど、やっぱりこのあたりはちがうんですねえ」

時の鐘の前で着物姿で写真を撮る人たち。ひらひらした芋チップスを持って楽しそうに歩く人たち。あちこちの店に順番待ちの列ができている。

「着物レンタルの店が増えて、着物姿の人も増えましたよねえ。地元が観光地になるってなんだか不思議な感じです」

美里さんが笑った。

スターバックスの前も写真を撮る人たちでいっぱいだった。

「ほんとに川越っぽい造りになってる。ふつうのスタバと全然ちがいますね」

豊島さんが声をあげた。

「前側は埼玉県産の杉を使ってるんだそうです。構造的には鉄骨を使った造りで、内部は柱がなくて広々してました。でも、ここは伝統的建造物群保存地区だから『まちづくりガイドライン』に沿って、四間・四間・四間の形になっているみたいですね」

中庭もあり、奥に日本庭園を設けられるなど川越の建物の様式を活かしがなら、内部も黒漆喰をイメージした塗りが施されていたり、ベンチシートの背あてに川越の伝統的な織物「川越唐桟」を用いたり、町に馴染むように作られているのだそうだ。

「町もこうやって少しずつ生まれ変わっていくんだな、って思います。川越織物市場や旧鶴川座も建て替える計画があるみたいで……」

「川越織物市場に旧鶴川座？」

豊島さんが訊いた。

「ええ。川越にはむかし織物市場があったんです。明治後期に建てられたもので、当時の姿を残す貴重な産業遺構として文化財に指定されてます。市場でなくなってからも住居として使用されてきて、その後もときどきイベントに使われたりしてきたんですが、これから本格的に修復して活用することになったみたいです」

美里さんが答える。

「旧鶴川座は蓮馨寺の近くの芝居小屋で、こちらも百年以上の歴史があります。テレビドラマのロケなんかにも使われてたんですけど、保存がむずかしいようで、取り壊されるかも、っていう話になってるみたいです」

「古いものをそのまま残し、活用するというのはむずかしいんですね」

豊島さんが言った。

「耐震とか、防災の問題もありますからね。外観を損なわないように耐震工事するのは費用もかかりますし、維持費も……。建物を守ろう、という強い意志がないとむずかしいと思いますし、建物の状態によっては守りたいと願っても叶(かな)わないこともあります」

「そういうことならなおさら、新井の建物を大事にしたいですね」

僕は言った。月光荘に住み、月光荘の声を聞くようになってから、もしこの建物を壊すことになったら声はどうなるのだろう、と思うようになった。

「そうですね、恩返しですから」

「恩返し？」

豊島さんが訊きかえす。

「代々、建物に守られて生きてきた。今回も取り壊そうという話にもなったんですが、どうしても壊すのはしのびなくて。まあ、でももしかしたら建物の方はもう疲れたから休ませてくれ、って思ってるかもですけどね」

美里さんが笑った。

羅針盤に着くと、安藤さんが出迎えてくれた。平日の午前中だからまだわりと空(す)いている。羅針盤の珈琲(コーヒー)は種類が豊富で、日替わりおすすめメニューもあるし、カフェオレやカフェモカ、カフェロワイヤルにウィンナコーヒーなどバリエーションもたくさんある。珈琲が苦手な人でも楽しめるように、という心くばりだ。

美里さんと僕は今日のおすすめ、豊島さんはカフェオレを頼んだ。安西さんが珈琲を淹れているあいだ、美里さんと豊島さんは店に貼(は)られた写真をながめていた。

羅針盤は安藤さんのお父さんの代まで写真館だったのだ。建物にも写真館だったころの名残があるし、店内には安藤さんのお父さんが撮った川越のむかしの写真が飾られている。写真は毎月架け替えているので、いつ来ても新鮮だった。

安藤さんが運んできた珈琲を飲んで、美里さんも豊島さんも目を見開いた。

「おいしいですね」

「ほんとだ。自分で淹れたのとは全然ちがう」

ふたりとも珈琲の香りを嗅ぎ、また少し口をつけた。

「味が複雑だし、口のなかで味がだんだん変わってく感じ」

美里さんが目を閉じて言った。

「よかったよかった」

安藤さんがにこにこ笑う。

それから羅針盤が写真館だったころの思い出や、写真館を喫茶店にした理由、飾られている写真に関する逸話などを聞いた。

羅針盤の次は桐一葉へ。佐久間さんからも何度か名前を聞いたことがあったが、僕も訪れるのははじめてだった。重いドアを開けてなかにはいると、しんとした空間が広がっている。落ち着いて、雰囲気のある店だった。

奥の席に案内され、珈琲を頼んだ。ここはバリエーションはあまりない。珈琲そのものの良さを味わってもらうことに重きを置いているらしい。各地の豆がそろっているので、三人で別の産地の珈琲を頼んだ。

「ここの珈琲もおいしいですねえ」

豊島さんがうなる。

「オーソドックスで深みがある。何度も通いたくなりますね」

美里さんもうなずく。

店主の岡野（おかの）さんがやってきて、安西さんが言ってた活版で俳句を印刷したコースターを見せてもらった。四角い真っ白のコースターの右の端に一行、正岡子規や高浜虚子などの句が刷られている。もう何十種類もあって、ずらっとならんでいるのは壮観だった。俳句についてくわしく学んだわけではないが、子規も虚子も漱石と親しいし、漱石自身も俳句を作っていた。だからいくつかの句には見覚えがあった。

岡野さんによれば、この店はもともと岡野さんの伯父さんがはじめたものらしい。岡野さんの両親は共働きだったから、岡野さんは子どものころよくこの店に預けられていた。そのとき大の俳句好きだった伯父さんから俳句を教わったのだそうだ。

「僕も俳句に夢中になって、大学時代は俳句部にいました。いろいろあって俳句から離れていた時期もあったんですけど……」

岡野さんが言った。

「あらためて俳句のすごさに気づいたというか、伯父の思いがわかったというか、そういう出来事があったんですよ。それもそもそも三日月堂さんにショップカードをお願いしたのがきっかけだったんですけど」

この店の「桐一葉」という名前は高浜虚子の俳句によるものだ。

桐一葉日当たりながら落ちにけり

その話をしたところ、三日月堂の店主の弓子さんが、注文したショップカード以外にこの句を印刷したコースターを作ってくれた。試しに作ってみたものだったらしいが、岡野さんはその文字に心打たれ、コースターも注文した。

岡野さんは長く伯父さんの店を継ぐことを重荷に感じていたようだったが、これをきっかけに店に対する思いを深め、自分なりに店を続けていく決意をしたと言っていた。

「どの店にも歴史があるんですね」

桐一葉を出て豆の家に向かって歩きながら豊島さんが言った。

「そうですね。続いてきたものを受け継ぐことと、更新していくこと。両方ないと続けていくことはできない。店を大事にする気持ちはもちろん、商人としての才覚、っていうのかな、時代を見る目みたいなものが必要なんですね」

美里さんが嚙みしめながら言う。

さっきも通った出世横丁にはいる。出世横丁。幕末から明治にかけて、この通りの商人のなかから成功をおさめる人が多く出たためこの名がついた、とどこかで聞いた。才覚のある商人ということだろうか。

　美里さんたちの会話を聞きながら歩くうち、豆の家に着いた。店にはいると壁にならんだ菓子木型が目に飛びこんでくる。佐久間さんの家はもともと和菓子屋で、店に残っていた古い木型を飾っているのだ。

　珈琲を焙煎するいい匂いが漂ってくる。実は豆の家は喫茶店ではなく、焙煎がメインの店なのだ。店長の佐久間さんは、家で自分で淹れて飲む珈琲を充実させることを目指して、お客さんの注文を受けてから焙煎する方式をとっている。

　店の正面に和菓子屋だったころのガラスのショーケースがあり、なかに和菓子を入れていた木の浅い箱がならんでいる。そこには生の珈琲豆がはいっていて、お客さんの好みを聞きながら豆を選び、好みの味になるよう焙煎していくのだ。

　店の奥にはお店で飲みたい人のための喫茶スペースも設けている。ここで飲んで気に入った豆を買っていく人も多く、淹れ方もアドバイスしてもらえる。僕もときどき豆の家で豆を買う。店で飲むほどおいしく淹れられたことはないのだが、香りがすばらしく、淹れている時間も気分転換になる。

　この日は藤村さんの和三盆作り体験も行われていて、僕たちも参加させてもらった。菓子木型に詰めるだけだが、和三盆だけで作るのでふつうの干菓子よりもろく、きれいに型を抜くにはコツがいる。

僕が作ったものは角が少し欠けてしまったが、ほろっとしておいしかった。ただ甘いだけでなく、独特の風味がある。

「和三盆と珈琲、すごく合いますね」

美里さんが藤村さんに言った。

「ケーキやチョコレートみたいに脂分（あぶらぶん）もないし、珈琲の味わいを邪魔しない。和菓子だと日本茶が欲しくなりますが、和三盆は日本茶でも紅茶でも珈琲でもなんでもいけます」

「それにここの珈琲はまた独特の味わいですね。おいしいだけじゃなくて、これまで味わったことのないような……」

美里さんは言葉に迷っているのか、視線を漂わせた。

「そう言ってもらうとうれしいです。うちの珈琲はサプライズを目指してるので」

佐久間さんが笑った。

「珈琲が好きな人でも、どこかで、珈琲ってこんなもの、っていう固定観念があると思うんですよ。もちろんオーソドックスでおいしい珈琲も落ち着くし、大事なんだけど、人間ときどきは刺激が必要でしょう？」

「そうですね」

「僕自身も何度かあるんです。国内外を旅するうちに、すごい、こんな珈琲ははじめてだ、と感じた瞬間が。そのときの感動をずっと追いかけてるんです。お客さまにこんなの知らなかった、って思うような味わいの珈琲を提供できたら、って」

佐久間さんの言葉に美里さんがうなずく。

「野菜でもありますよね、素材の強さっていうか。にんじんってこんな味だったのか、って思う瞬間みたいな」

「そうそう。そういう体験が一度でもあると、素材に含まれている味の細かい襞に気づくようになる。人生短いですからね。慣れ親しんだものも大切だけど、あたらしいものとの出会いも大事。その扉を開けるとさらに世界が広がってる。そういう体験をしてもらえることが目標なんです」

「商売の上で冒険を続けるっていうのは体力がいりますよね」

美里さんが言った。

「そうでないと僕自身が飽きちゃいますから。でもねえ、どんどん通なお客さんが増えて、ちょっとやそっとじゃ驚かない。いつもお客さんの舌との真剣勝負ですよ」

佐久間さんが笑った。

取材が終わったあと、もう一杯珈琲を頼み、そのまま豆の家で今日の取材のまとめ方を相談した。三店それぞれのこだわりどころがあるので、ちがいをはっきり出しつつ、通じる点を探してみよう、ということになった。

美里さんは、自分がこれから宿を運営する上でも役立つことが多かった、と今日の取材に満足しているようだった。豊島さんも、紹介文を書くという視点でプロの人と話すとこれまでと全然見え方がちがいますね、と興奮している。

「そういえば、豊島さんは今年から修士課程なんですよね。修士論文、どんなことをテーマにするんですか」

美里さんが豊島さんに訊いた。豊島さんは安西さんと同じ立花ゼミの出身で、そのまま立花先生の研究室の院生になった。立花先生の専門はメディア論だから、豊島さんもそちらで修論を書くのだろう。

「テーマは昭和の雑誌文化の予定なんです。まだくわしいことは決めてないんですが、女性誌の変化をたどろうかと思っていて」

豊島さんが答える。

「でも、ほんとは研究だけじゃなくて、雑誌編集に興味があるんですよ。自分で雑誌を作ってみたいなあって」

豊島さんが少し迷いながら言った。

「本が好きだったから、子どものころは小説を書くのが夢だったんですけど、なんか才能なさそう、って思って。それに、『街の木の地図』を作っていて、外の世界に興味が出てきたんです。いろんなところに行って、いろいろな人の話を聞いてみたい、って。だから今回も、このリーフレット作りにかかわれてありがたいと思ってます」

「そうだったんですね」

美里さんがうなずく。

「そういえば、美里さんは川越に帰ってくる前、どんなお仕事をされてたんですか。東京で働いてらしたんですよね」

豊島さんが訊いた。

「ヨーロッパの高級食材の輸入会社に勤めてたんです。ワインやオイル、パスタ、調味料にチーズ。缶詰めやお菓子なんかも扱ってました」

「そうだったんですね」

「祖父母の料亭の仕事を見て育ったので、食に関心があったんです。だからその会社を選んだ。外国の料理のことも学べたし、すごく充実していて……。でも、途中で倒れちゃったんです」

「え、倒れた？」

豊島さんが目を丸くした。

「駅で急にめまいがして倒れて、救急車で病院に運ばれて。原因はわからないんですけど、立てなくなってしまった。寝不足が続いたり、ストレスもあったんだと思います。退院するまで二週間くらいかかって、治ってからもまた外で倒れたらどうしよう、と思うと怖くて出社できなくなってしまった」

美里さんが息をつく。

「仕事は好きだったし、戻りたかった。でも、身体がついてこなかった。まずはしっかり体調を回復させようと思って、いったん会社を辞めて川越に帰ってきたんです」

「たいへんでしたね」

「それで、川越の町をぶらぶら歩いていたとき、偶然高校時代の友人と再会したんです。話してみたら、彼女も同じように会社勤めで身体を壊して、実家に戻って家の仕事を手伝っていたところで……」

美里さんによると、彼女は佐藤陽菜（さとうひな）さんといい、実家は農家。回復した彼女は、身体づくりの基本は食べ物だと思い、農業の仕事を手伝いはじめた。

最初は休業中の一時的な手伝いのつもりだったが、畑仕事をするうちにだんだん農業にのめりこんでいき、埼玉のほかの場所で有機農法に取り組む人のところに弟子入り。畑作りを学び、家族と相談して畑の一部を有機農法に変えた。

陽菜さんの家族も今後を考えるとあたらしい取り組みが必要だと感じていたようで、応援してくれた。陽菜さんはめずらしい野菜の栽培に取り組み、高校時代の伝手(つて)をたどって川越のレストランをまわり、いくつかの店と直接契約することに成功した。

「その野菜がものすごくおいしくて、感激したんです。なにか大事なことを思い出したような気がした」

美里さんが言った。そのころには美里さんのお祖父(じい)さんは亡くなっていたが、お祖母(ばあ)さんは存命だった。かつて習ったことを思い出し、陽菜さんの野菜と地元の調味料で料理してみたところ、お祖母さんが喜び、めずらしくたくさん食べてくれた。おいしいねえ、むかしを思い出すね、と言って、涙を流したらしい。その姿を見て、美里さんは新井の再興を決意した。

「でも、料亭を開くにはいい板前さんが必要だし、いまの時代にマッチするかわからない。それで宿にすることを思いついたんです。夕食の提供はハードルが高いから、まずは朝ごはんだけにして、質の高いものを目指そう、って」

「そうだったんですね。それでいまの形に……」

豊島さんが言った。

「祖母も両親も最初は大変だから、って反対してたけど、こっちがしっかり企画を詰めていったら、最後には賛成してくれた。近隣の人とも相談して、目が行き届くように部屋数を少なくしたり、いろいろたいへんでしたけど」

「すごいですね」

豊島さんが感嘆する。

「祖母も助けてくれましたから。宿のために頭をさげてくれて。でもその祖母も去年亡くなってしまった。宿の完成をとても楽しみにしていたから、残念でしたけど……」

「そうだったんですね」

「それに、自分でがんばった、っていうより、なにかに押されている感じでした。祖母やこれまで新井を営んできたご先祖さまたちの思いかもしれません。自信があるわけじゃないんだけど、絶対これでいこう、こっちに行くしかない、って気持ちになったんです。陽菜さんもそうだったって言ってたっけ」

「そんなことがあるんですね。陽菜さんっていう方にも興味あります。次号は陽菜さんにインタビューするのはどうですか?」

豊島さんが訊いた。

「陽菜さんに……? いいですね。実際に宿の朝の野菜を提供してくれている人だし、すごくいいと思う」

美里さんが大きくうなずいた。

話を聞きながら、こんな生き方もあるんだな、と思った。地元に帰ってくる。もともとの自分の家の仕事を継ぐ。それまでとは少しちがう形で。なにかに押されている感じ、という言葉が耳に残っていた。

「そうだ、今朝陽菜さんの野菜が届いたんです。よかったら少し持っていきませんか？実際に食べてみてもらいたいので」

「いいんですか？」

「ええ。料理の試作用に持ってきてもらったんですけど、けっこう量があるから」

美里さんに言われ、新井に寄ることになった。

―― 5 ――

それから新井に寄って、陽菜さんの野菜を見せてもらった。新じゃがに新キャベツ、そら豆にルッコラ、トマト。ロングアスパラという長いアスパラガスや皮付きヤングコーンなど見たことのない野菜もあった。

豊島さんははじめての野菜にも興味しんしんで持ち帰っていったが、僕はそんなに複雑な料理はできない。ひとり暮らしだからキャベツひと玉は食べきれないかもしれない、などと考えて、小さな新じゃがとそら豆とトマトをもらっていくことにした。

月光荘に戻ったのは六時すぎだった。さっそく台所に行き、じゃがいもを出す。小さくてころころして、土の匂いがした。美里さんに、ただ蒸すだけでもおいしいですよ、と言われたので、棚の奥から蒸し器を取り出した。

これ、どうやって使うんだっけ。木更津の家から越してくるとき持ってきたものの、蒸し器なんて滅多に使わない。たしか下の段に水を入れるんだったよな。自信がないのでネットでじゃがいもの蒸し方を検索した。

下の段に水を入れ、上にじゃがいもをのせてから火にかける。ただそれだけ。簡単だ。

美里さんは、皮が薄いのでそのままでいいと言っていた。

じゃがいもを水で洗う。皮はほんとに薄くて、ごしごしすると剝がれていく。小さいので切らずにそのまま蒸し器にならべ、火をつけた。

次はそら豆。さやのついたそら豆を袋から取り出す。ぷうんと豆の匂いがして、ああ、そういえばこんなだったなあ、と急に所沢の風間の家にいたころのことを思い出した。

木更津では祖母がきびしく、僕は台所に立つことはほとんどなかった。だが風間の家にいたころは、ときどき台所に行って母や祖母の手伝いをした。まだ子どもだったから簡単なことしかさせてもらえなかったが、思えば僕はけっこうあの時間が好きだった。

野菜を洗ったり、皮を剝いたり、こんにゃくの真ん中に切れ目を入れて手綱に巻いたり。豆をさやから出す仕事もよくやった。さやえんどうの筋取りも。

そら豆のさやを割ると、白い綿のうえにそら豆がならんでいる。布団のなかで眠っているみたいに。なんだかなつかしくなって、ふわっとした綿にさわってみた。豆を取り出し、ざるに入れる。しばらく無心で豆を取り出し続けた。

じゃがいもの様子を見る。フォークを刺すとまだ少し硬いが、あと少し、という感じだ。

トマトを洗って水にあげてから、そら豆を茹でるため、鍋にお湯を沸かしはじめた。

大きな鍋に水を入れ、塩を少し加えてから火にかける。ぐらぐら煮立ってきたところでざるのなかの豆を入れた。これはたしか二、三分でよかったはず。スマホではかり、二分たったところでひとつ取り出し、つまんでみる。

「おいしい」

思わず声が出た。茹で具合も良さそうだ。火を止め、豆をざるにあげる。

トマトとそら豆、それぞれを皿に盛り、蒸し器の火も止めてじゃがいもを取り出す。湯気とともにいい匂いが立ちこめる。

食卓に運び、まずはトマト。ひとくち食べて、うわあっ、と思った。味が濃い。きりっと酸っぱくて甘くて、土や太陽が溶けこんだような味だ。そら豆もおいしい。冷めたせいか、さっきよりよく味がわかる。すごく甘い。

じゃがいもは塩もバターもいらない。ほっくりして、そのままでじゅうぶんおいしい。単に茹でたり蒸したりしただけなのに、すごく豊かなものを食べている気がした。新井の朝食ではこれが出るのか。贅沢なことだ。

ああ、すごいなあ。止まらなくなってどんどん食べる。

——ゆっくり食べな。

ふいに風間の祖母の声がよみがえった。

——だれも取らないから。

くすくす笑う母の声が聞こえた。なんでだろう、風間の祖父母の家の食卓が目の前に浮かびあがり、食べながら涙が出てくる。両親や祖父母の笑顔がはっきり見えないのにすぐ近くにあるような気がした。

ああやって食事してたんだよな、あのころは。

家が近かったから、週末はたいてい祖父母の家に行ってみんなで食べた。料理は凝ったものじゃなかったけれど、なぜかとてもおいしかった。

片づけを終え、二階にあがる。電気もつけずに壁にもたれ、丸窓の外の空をながめた。

「モリヒト、ダイジョウブ？」

月光荘の声がした。

「サッキ、ナイテタ」

「大丈夫だよ。なんで？」

台所でのことを言っているのだろう。心配してくれたのか。

「カナシイ？　サビシイ？」

「ああ、あれはね、悲しいのともさびしいのともちがうんだ。あれは……なつかしい、っていうのかな」

「ナツカシイ……」

そう訊かれて、なつかしいだけでは人は泣かないな、と思い直した。

「むかし大事にしてたものがあって、それを思い出したんだ。それがもうどこにもないから、さびしいし、悲しいよ。でも泣いたのはそういうことじゃなくて……」

うまく説明できず、言いよどむ。

「そうだな、ずっとその大事なもののことを忘れてしまっていて、それを思い出したら、いまでもそれが大事だって気づいた。いまでもそれはあったかいものだった。それがうれしかったのかもしれない」

「ウレシイ」

うれしい、というのともほんとはちょっとちがう。悲しいし、さびしいし、だけど、ひんやり冷たい感情ではなくて、あたたかいものだったのだ。

「人はうれしくても泣くんだよ」

「ソウカ」

月光荘は納得したのか、そう言って黙った。

あの野菜でなぜ風間の家を思い出したのだろう。でも美里さんも、家に戻って陽菜さんの野菜を食べて大事なことを思い出した、と言っていた。大事なものは人によってちがうが、そういうことはあるのかもしれない。

さっき食べたじゃがいももそら豆もトマトも、あれは食べものじゃない、生きものだった。命とつながっている。だから、家族や生きていくなかで出会った命のことを思い出させるのかもしれない。

今日の出来事が頭をめぐり、昼間歩いた出世横丁を思い出す。あの路地に店を出すと出世する。江戸時代からあの細い路地にいろいろな店がならび、みな生きるために知恵をめぐらせ、努力を重ねていた。

羅針盤、桐一葉、豆の家。どれも小さな店かもしれない。それでもみんな受け継ぎ、更新するという営みを必死で行っているんだと思う。大声をあげるわけではないが、生きるため、生き続けるために戦っている。

羅針盤の安藤さんは古い写真、桐一葉の岡野さんは俳句、豆の家の佐久間さんは旅の記憶。みんななにかに支えられ、前に進もうとしている。

——自分でがんばった、っていうより、なにかに押されている感じでした。自信があるわけじゃないんだけど、絶対これでいこう、こっちに行くしかない、って気持ちになったんです。

美里さんはそう言っていた。

僕にもいつかそういうことが訪れるのだろうか。無理に決めるのではなく、自然と目の前に道が開かれる。そんなことが起こるのだろうか。

田辺の家に行ったとき、自分にはなにもできないと考えるのは良くない、と悟った。なにかしたい。

——店を大事にする気持ちはもちろん、商人としての才覚、っていうのかな、時代を見る目みたいなものが必要なんですね。

美里さんの言葉を思い出す。

才覚。その言葉が胸を刺す。大事にしたい、という気持ちだけではどうにもならない。安西さんが浮草を継ぐときも、そこが迷いの原因だったように思う。気持ちだけじゃなくて、才覚があるか。

なにをするにしてもそうだ。文学でも。どんなに文学が好きでも、才能がなければ作家にはなれないだろう。でも才能とか才覚というのは目には見えない。努力で手にはいるものでもない。天から降ってくる感じなのだろうか。

大学院にはいって、研究はたしかに楽しいけれど、それが自分の道か、と考えると、そうではない気がする。

漱石はどうだったのだろう。漱石が小説を書きはじめた時期は遅い。高等師範学校の教師をして、留学もして、大学で教鞭（きょうべん）もとった。どこに行っても矛盾を抱え、悩んでいたし、小説も書きたくてはじめたのではないように見える。僕は漱石のそういうところに惹（ひ）かれているのかもしれない、と思った。

ことことと耳のそばで音がして、目を覚ますと小鳥がいた。起きあがり、部屋のなかを見まわす。しずかだ。月光荘もひっそり黙っている。なにか心もとない気持ちになり、小鳥に目を戻すと羽ばたこうとしていた。

なんという鳥だろう。どこかで見たことがあるような気はするが、わからない。だれかに飼われているのだろうか、片足に黄色い糸がリボン結びされている。

鳥は飛び立って階段をおりていく。僕もそれを追って階段をおりる。なぜかはわからない。ただふらふらと小鳥を追って歩いた。

町もひっそりとしずかで、人の姿はない。だが道を歩いていると、だれかがしゃべっているのが聞こえた。お天気のことや、最近の人通りの多さのことや、どれも他愛ない世間話だが、しばらく聞いていて、それが家たちの声だと気づいた。

そのとたん、あたりは白く霞み、家も建物もなくなって、ただぼんやりした人影だけがふわふわと漂っている。あちこちから笑い声や話し声が聞こえてくる。

もしかしたら、これが月光荘の言っていた、人になる、ということだろうか。家が人になる。そんなおかしなことが、と思いながら、僕は鳥を追って歩き続ける。

しばらく歩いて少し靄が晴れた。遠くにだれかが立っている。やはりぼんやりした人影で、年齢も性別もはっきりしない。小鳥はすうっと飛んでいって、その人の細い指にとまった。こんなに細い指だから、相手は女性かもしれない、と思う。

こんにちは、と声をかけられ、わけもわからないまま僕も、こんにちは、と返した。どこかで会ったことがあるような気がした。なにをしているのですか。ただ小鳥を追いかけてきただけです。そう答えると、人影がくすくすと笑い声を立てる。

あなた、月光荘の人でしょう？　人影が訊いてくる。なぜ知っているのだろう、と思いながら、そうです、と答えた。話せる人がやってきて、月光荘は喜んでいるでしょう？　人影はしずかに笑って、大事にしてやってくださいね、と言った。

ふわっと落ちるような心地がして、目が覚めた。月光荘の二階の畳に横たわっている。小鳥もいない。

あれは夢だったようだ。身体を起こし、ぼんやりと丸窓を見あげる。

あの小鳥は文鳥だ。夢のなかの小鳥の姿を思い出し、そう気づいた。知っているのに、なぜか夢のなかではわからなかった。だが夢だ。どんなことだって起こる。文鳥の夢を見たのは、漱石の『文鳥』のせいだろうか。

あぐらをかき、息をつく。夢で歩いたあの細い道は新井に行く道と似ていた気がする。とすると、あの人は新井だろうか。いや、あれは夢だ。白い世界も、田辺の家で喜代さんと話した影響だろう。ほんとに別の世界に行ったわけじゃない。

でも、わからない。僕には家の声が聞こえる。喜代さんと話して、それが僕だけの妄想じゃないこともわかった。なにが起こってもおかしくはない。

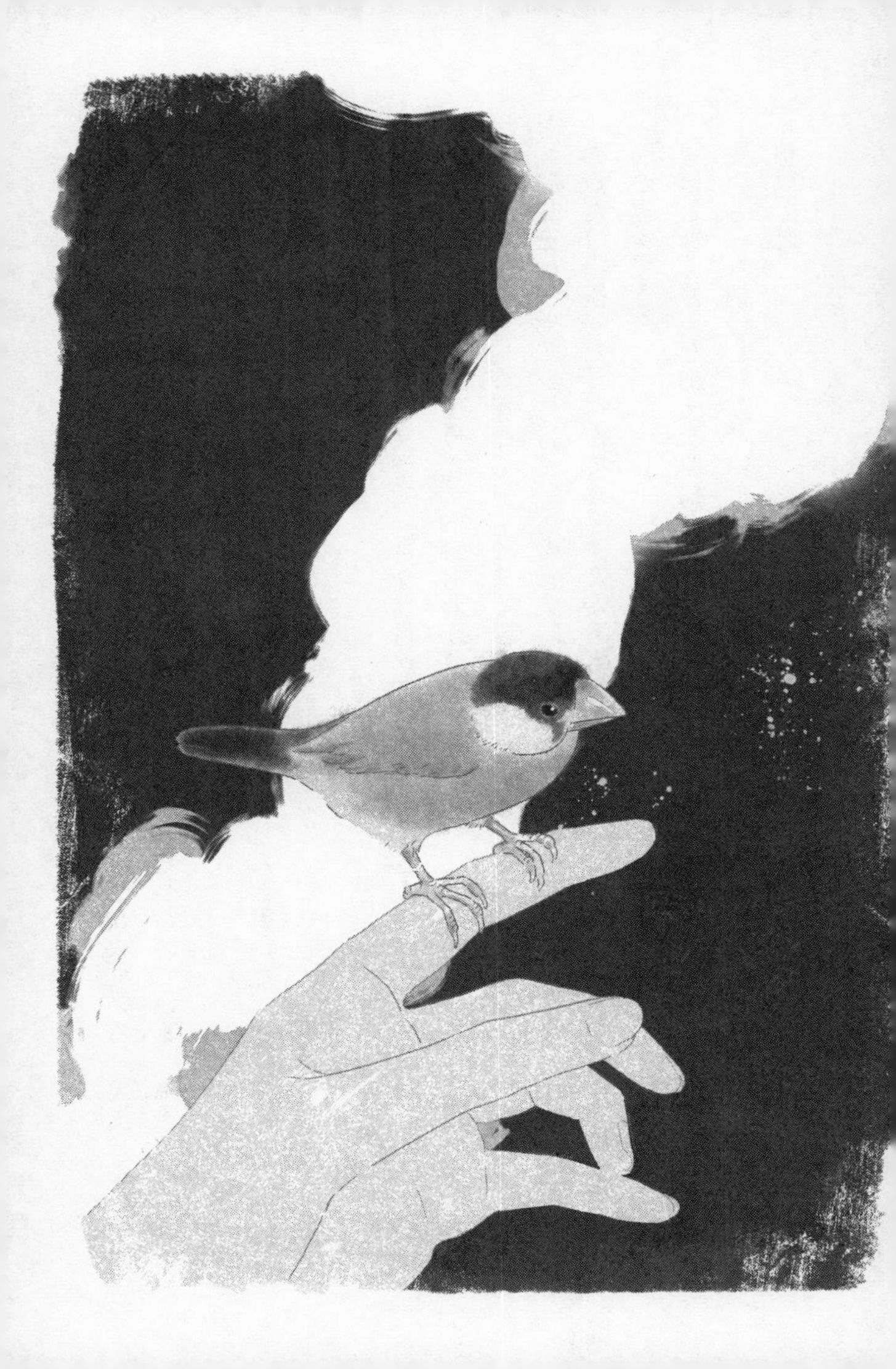

スマホの着信音で我にかえった。豊島さんからメッセージが来ている。美里さん、安西さん、べんてんちゃん全員に宛てられていて、添付がふたつついている。桃子（ももこ）さんのインタビューの原稿と、今日の喫茶店三軒のルポだった。

桃子さんのインタビューの方は昨日の夜のうちにほとんど書いた、と言っていたが、喫茶店のルポの方は、帰りの電車のなかでスマホで書いて、家で推敲（すいこう）したらしい。短い文章とはいえ、仕事が早い。

生き生きした冒頭の文章でいきなり目が冴（さ）えた。桃子さんの口調が活かされ、話している様子が目に浮かぶようだ。内容もわかりやすく、よくまとまっている。喫茶店ルポもそれぞれの店の思いが凝縮され、うまく伝えられていた。

感想をメッセージに書く。店の営業時間を書き添えた方が良いような気がしたので、その点だけ指摘した。べんてんちゃんからも桃子さんのインタビューについての指摘がいくつか返ってきた。

ほどなく修正を加えた原稿が送られてきた。今度は完璧だ。べんてんちゃん、美里さん、安西さんも納得したみたいだ。木谷先生からも豊島さんは優秀だと聞いていたけれど、予想以上だ。

——豊島さん、優秀ですね。こんな短い時間で原稿を仕上げてしまうなんて。

美里さんも驚いている。

――電車のなかでむくむくと文章が浮かんできたので、忘れないうちに、と思って。でも、営業時間のことを忘れてました。桃子さんの話でも何点か……。遠野先輩、べんてんちゃん、ありがとうございます。

――いえ、羅針盤や桐一葉は比較的遅い時間までやってますからね。夕食で外に出たお客さんが帰りにふらっと立ち寄れる場所としてもいいかな、と思って。

そう答えた。どちらも平日は八時、週末は十時まで営業している。

――ああ、なるほど、夜の喫茶店というのもいいですね。

美里さんから返事が来る。

――実は僕、夜の川越も好きなんです。日が暮れると店も閉じて、夜の世界に一変するでしょう？　それが新鮮で。

――そうなんですか？　わたしたちにはそれがあたりまえのことなので……。

――そういえば先輩、前に、川越に来る人たちに、夜の川越のことをもっと知ってもらいたい、って言ってましたよね。

べんてんちゃんが書いてくる。

――遠野先輩、そのことを書いてみてはどうですか。

安西さんのメッセージにびくっとした。

——おもしろそうですね、読んでみたいです。

美里さんからもそんな返信が来た。

——先輩の書く文章がどんな感じか、興味ありますね！

べんてんちゃんもだ。

——いや、僕はそういうのは……。

しどろもどろで答えた。

——でも、これは外から川越に来た人じゃないと書けないでしょう？　豊島先輩はインタビュー記事、安西先輩はイラスト。遠野先輩もなにかしないと。

べんてんちゃんが強く押してくる。なんでこんなことになったんだろう、と思ったが、だんだんあとに引けなくなってきた。それでとりあえず書いてみる、と言って、一晩待ってもらうことになった。

やりとりを終えて、ため息をつく。厄介なことになった。どうしたものか。

とりあえずパソコンの前に座り、ワープロを立ちあげる。なにを書けばいいんだ。

うーん、と天井を見あげたとき、ここに越してきたばかりのころのことを思い出した。

はじめのうちは月光荘にシャワーがなくて、高澤通り（たかざわどお）り沿いの銭湯まで足を運んでいたのだ。

はじめて銭湯まで行った帰り、ひとりで夜の川越をさまよった。

養寿院から高澤橋へ、見立寺の前を通り新河岸川沿いの小道を闇に誘われるように歩いた。なんだか異界に引きこまれてしまいそうで、途中で怖くなったんだっけ。

心がぽっぽっと熱を持つ。ろうそくを灯したときのように。そのときのことを思い出しながらパソコンに向かうとなぜか文章がするすると浮かんでくる。それから夢中で文章を綴った。

とりあえず書きたいことを全部吐き出し、息をつく。時計を見ると小一時間経っていた。喉が渇いていることに気づいて、階段をおりてキッチンで水を飲む。

それから二階に戻り、さっき書いた文章を読みかえした。正気に戻ってみると、なんとも気恥ずかしい。これはなんだ。エッセイか。こんなものを人に見せられるものか。全部捨ててしまいたくなる。だが、約束してしまったのだからなんとかするしかない。

うんうんうなりながら文章を直す。夜中までかかって、なんとか見せても恥ずかしくない程度には形が整った。けれども、直せば直すほどわけがわからなくなる。こんなものを載せてどうなるんだ。

もうどうとでもなれ、と思って、みんなに文章を送信した。そうしてすぐにパソコンを閉じ、床についた。

朝起きると美里さんたちからメールが来ていた。みんな僕の文章をおもしろいと言っていて、これをリーフレットの最終ページに入れたい、と言う。

嘘だろう、と思った。たしかに川越の話ではあるが、僕なんてなにものでもないわけで、そんな人が書いた役にも立たない文章を掲載していいものなのか。

――でも「浮草だより」にも水上さんの「雲日記」が載ってましたよね。水上さんはむかし小説の新人賞をとったこともありますけど、その後は活動を休止していて、みんな水上さんが小説を書いていたことなんて知らなかったですし。

安西さんがそう書いてくる。でも、水上さんは浮草の店主だったわけで……。

――あの夜の川越の描写、地元の人間には書けないですよ。新鮮でしたし、旅行者と近い視線だな、と感じたんです。夜の川越の魅力、お客さまにも伝わりますよ。

美里さんの言葉はまっすぐで、抵抗することができなくなる。

――それに文章も素敵でしたよ。不思議な感じがあって。さすが仙人って呼ばれるだけはあるな、って思いました。

べんてんちゃんもそう書いてきた。仙人……。木谷ゼミでの僕のあだ名である。

まあ、いいか。はずかしいけれど、命まで取られるわけじゃない。

——わかりました。もう少し推敲させてもらってもいいですか。

——もちろん。

豊島さんから答えが返ってきて、続いて安西さんから締め切りを言い渡された。やりとりが終わり、大学に行く準備をはじめた。

文章を褒(ほ)められたこと、ほんとは少しうれしかったんだと思う。顔を洗ったあと、鏡のなかの自分の表情を見て、そう気づいた。

6

浮草のふたりが原稿を編集し、ＤＴＰソフトでレイアウトを組んだ。さすが立花ゼミの出身。うまいものだ。

オフセットではないから、写真はいれられない。いや、いれられないことはないのだが、ふつうのカラー印刷の解像度にはかなわないのだそうだ。だからすべて安西さんのイラストで統一することにした。

美里さんのページも、野菜の形も料理の手順もすべてイラストで示されている。わかりやすく写実的だが軽いタッチで、なかなか味わいがある。浮草だよりを作り続けてきたせいだろう、「街の木の地図」のときよりさらに上達した感じだ。

リーフレットの名前は「浮草だより」にならって「庭のたより」になった。三日月堂と相談し、紙や刷り色も決めた。宿の雰囲気を考えて、紙は少しざらっとして手触りのあるもの、インキは深緑。

取材にまわった喫茶店や、松村菓子店のほか、べんてんちゃんが声をかけた数店がリーフレットを置いてくれるというので、少し多めに刷ろう、ということになった。

安西さんと豊島さんが、浮草を閉めてから夜遅くまでかかって誤字をチェックしたり、レイアウトを微調整したりして、なんとか宿のオープンの五日前に原稿完成。くわしいことはわからないが、これを樹脂凸版というものにして、印刷するらしい。

事前にお願いしていたので、特急仕上げで宿のオープンに間に合わせてもらえることになっていた。断裁までは三日月堂で、節約のため、折り作業は自分たちで行う。

僕たちも最終チェックに参加して、いざ入稿。美里さんは宿のオープンで忙しくそれどころではないようだったが、安西さん、豊島さん、べんてんちゃん、僕は、月光荘の二階で軽く打ち上げをした。

みんなが帰って一息ついたところに田辺から電話がかかってきた。田辺の方も学校がはじまり、いろいろ忙しくしていたらしい。

「そうそう、最近、川越にあたらしくできる宿のリーフレット作りを手伝ったんだ」

近況を語るうち、その話になった。浮草が新井からリーフレット作りを頼まれたことや、新井の歴史、どんなリーフレットを作るか。それに僕が夜の川越に関する短い文章を寄せたことも話した。

「へえ。おもしろそうじゃないか。読んでみたいよ。一部分けてもらえないか？」

田辺は妙に関心を持つ。

「わかった。僕の文章はともかく、豊島さんのインタビュー記事は読み応えがあるし、美里さんの文章も安西さんのイラストもすごくいいから」

「なるほどね。でも俺はお前の文章にも興味がある。むかしからお前には文才があると思ってたんだ。卒論のときもね。人には書けないものを書く」

「いや、木谷先生からは論文らしくない、って言われて……」

「ああ、論文らしくはないかもしれないなあ」

田辺が笑った。あっさりそう言われて、少し傷ついた。

「エッセイとか小説とか、そういう方が向いてるんじゃないか」

田辺はのんびりした口調で言う。

「そんな仕事、どこにあるんだ」

小説やエッセイじゃ食べてはいけない。霞を食うようなものだ。

「そういえば、石野から連絡があったんだ」

田辺が言った。

「あ、もしかして、就職決まったのか？」

「いや、全然。いろいろと迷ってるみたいだよ。迷ってる、っていうか、悩んでる？　自分がなにに向いているのかわからなくなっちゃったんだってさ」

なるほど。石野らしい。

「思春期に逆戻りしちゃったみたい、って自分で笑ってた。いろんなことを割り切って就職したつもりだった。割り切るのが大人になることだし、そうならなくちゃ生きていけないんだと思ってたけど、自分はそんなことができるほど大人になってなかった、だって。なんていうか、相変わらず堂々めぐりしてるよなあ」

割り切るのが大人、だが自分は割り切れるほど大人じゃない。たしかに同じところをぐるぐるまわっている。

だけど、僕は石野を笑えない。僕も同じだ。自分になにができるかわからない。生きていくにはやる気だけじゃない、才覚が必要だ。適性、と言ってもいい。

僕はなにがしたい？　なにができる？　こんなことを問うなんて、まさに思春期だ。

「なあ、田辺」

そう言って、息をつく。

「人間って、自分のしたいことを探すだけでは行き詰まるよなあ」

ぼそっとつぶやいてから、なぜそんなことを言ってしまったのか、と思った。

「どういう意味だ？」

田辺が訊いてくる。

「いや、なんていうのかなあ。田辺は自分が教師になりたいって思ったわけじゃ、ないだろう？　あ、いや、なりたいとも思ったかもしれないが、そっちが向いてる、そこでなら役立てると思った、っていう方が大きいんじゃないか？」

「ああ、たしかに。そうかもしれない」

「つまり、自分のやりたいことを探したんじゃなくて、だれかのために自分にできることを探した結果、教師を選んだんじゃないか？」

「そうかもしれない」

「もしかしたら、自分のためにだけ生きるのは重荷なんじゃないか、って。自分のやりたいことを探していると答えが出なくなってしまう」

「なるほどなあ」

田辺は黙った。僕もそれ以上言葉がなく、しばらく沈黙が続いた。

「まあ、人間、そういうときもあるよ」

ややあって、田辺が言った。

「お前もさ、あせらなくていいんじゃないか」

田辺に言われ、はっとする。

「修論のこととか、就職のこととか、いろいろ決めなくちゃならないこともあるんだと思うけど。力ずくで決められないこともあると思うんだよ」

将来のことで悩んでいる。隠すつもりはなかった。わざわざ話すほどのことではないと思って、言わなかっただけだ。だが口にしなくても意外に伝わってしまっているものらしい。

「そういえば前に木谷先生が言ってた。進む道が決まるときは頭じゃないところが働くんだ、とか……」

頭じゃないところ？

「よくわからないなあ、と思ったけど、教師になるって決めたとき、俺もそういう感じだったんだ。なるようになる、っていうのかな」

田辺も美里さんたちと同じということか。

「そういえば、石野が川島町に来たがってたんだ。お前が川島町に来た話をしたら、自分も行きたい、って」

「そうなのか」

「広々した風景が見られる、って言ったら、行ってみたい、って。お前も来ないか？　連休にでもさ。沢口(さわぐち)も誘う。川越で待ち合わせしてくれれば、俺が車で迎えにいくから」

いいかもしれない。喜代さんにもまた会ってみたいし。

「わかった。行くよ」

「そうか。じゃあ、日程調整しよう。なんだったら、べんてんちゃんや浮草の安西さんたちに声をかけてもいいけど。でもその場合はもう一台車が必要になるな」

車が増えれば運転手も必要になる。とりあえずは田辺が石野と沢口に、僕はべんてんちゃんに予定を訊くと決め、電話を切った。


翌々日、リーフレットの印刷ができあがったという連絡があった。地図資料館の番をべんてんちゃんにまかせ、安西さんと三日月堂に向かう。

養寿院の前の道を抜け、途中で右に曲がって鴉山(からすやま)神社の前にある白い建物の前に立つ。

ガラス戸の向こうに活字棚が見えた。噂には聞いていたが、ぎっしり詰まった活字の迫力に圧倒されてしまった。

なかにはいくつも古い印刷機があった。浮草にあるような小さなものだけでなく、黒く巨大な印刷機も据えつけられている。

「すごいですねえ」

思わずうなった。活字や機械を見まわしていると、奥から男の人が出てきた。店主の弓子さんのパートナーで、印刷担当の島本悠生さんという人だ。

「リーフレット、できてますよ」

悠生さんが見本を一枚出してくれた。あたたかみのある生成りの紙に深緑のインキ。パソコンの画面で何度も確認していたが、こうして実物になると全然ちがった。

安西さんがデザインした表紙も、写真が使えないから抽象的な模様と「庭のたより」という文字だけにした。パソコンの画面で見たときはつるっとしていて少しあっさりしすぎているかな、と思ったが、こうして印刷物になってみると、深みがあってとてもいい。

凸版印刷だからなんだろう。文字がかすかに凹み、奥行きがある。紙なのに重みが感じられた。カラー写真を入れなくていいのか少し心配になっていたが、まったく問題ない。これならきっと人目を引くし、とっておきたい、と思ってもらえるだろう。

「これで大丈夫かな？」

悠生さんが安西さんに訊く。安西さんは表、裏と順にじっくりと目を走らせている。

「はい、とても素敵です。ありがとうございました」

確認が終わると、そう言って深くうなずいた。

「いい内容ですね。僕たちも刷りながら内容を読ませてもらって……。松村菓子店のお母さんのインタビューも興味深かったし、喫茶店の紹介も知らないことばかりで……」

悠生さんがにっこり笑う。

「そうそう、裏面にある川越の夜の町についての文章も、みずみずしくてよかったです」

その言葉に身体がかたまった。

「あれはこちらの遠野先輩が書いたものなんです」

安西さんが答えた。恥ずかしくなって少しうつむく。

「そうなんですか。実は、僕も外から来た人間なんですよ。盛岡の出身なんですが、仕事の都合でしばらくさいたま新都心に住んでいて、あのころは夜もあかるかった。川越に来て、夜の暗さを思い出しました。盛岡の町も夜は暗くて」

悠生さんが僕を見て微笑む。なんと答えたらいいかわからない。

「人間には闇も必要ですよね」

悠生さんが言った。

「日の光と同じように、闇も心の栄養になる。なぜかな、ときどきそう思うんです」

「そうですね」

闇も心の栄養になる。悠生さんが言いたいことと同じかはわからないけれど、どこか納得するものを感じて、深くうなずいた。


―― 7 ――


三日月堂で受け取ったリーフレットを持って、月光荘に戻った。月光荘の二階で折り作業をするためだ。豊島さんは浮草の店番があるから来られない。地図資料館に「二階にいます」という札を出し、みんなで二階にあがった。

「おお、こういう単純作業、燃えます」

べんてんちゃんは腕まくりし、猛然とリーフレットを折りはじめた。

作業が終わったのは六時過ぎだった。リーフレットを紙袋数個にわけて入れ、みんなで月光荘を出た。

養寿院の前の道を抜け、新井へ。宿の方もおおむね準備作業が終わって、もう美里さんだけになっていた。ロビーに座り、リーフレットを確認してもらう。

「すごく素敵です。内容もよかったけど、こうして印刷して、またぐっとよくなりました。やっぱり活版印刷、いいですね、存在感があります」

　美里さんも満足した様子で、安西さんはほっと胸をなでおろしている。

「宿の準備の方はいかがですか？」

「ええ、今日でだいたい終わりました」

　新井は明後日（あさって）オープン。昨日までは内装の施工業者がはいっていたが、そちらも終わり、今日は新規従業員の研修などを行っていたらしい。

「明日はスタッフといっしょに細かい部分の点検をするくらいです。でも、いよいよだと思うとどきどきしますね」

　美里さんは目をかがやかせる。なにかあたらしいことがはじまる。その高鳴りが伝わってきて、僕も少し胸が躍った。

「今日はみなさん、これからなにかありますか？」

「いえ、わたしたちはとくに……」

　安西さんが僕たちを見まわす。べんてんちゃんも僕も首を横に振った。

「よかった。実はリーフレット完成の打ち上げができたら、と思っていて。宿がはじまってしまうと、忙しくてなかなかできませんし、今日がチャンスだな、と」

「うれしいです。ぜひ。いろいろお話をうかがいたいと思っていたんです」

安西さんが言った。

「そしたら豊島さんも呼びましょう。浮草を閉じたあと合流すれば」

「ああ、そうですね」

「どこか食べに行きますか？」

べんてんちゃんが訊く。

「いえ、ここで作りますよ。簡単なものしかできませんけど、料理の試作用に陽菜さんが多めに野菜を届けてくれてますし、塩豚もたくさん漬けてあるので」

「塩豚？」

「ええ。豚の塊肉を塩に漬けたものです。二、三日熟成させるとすごくおいしくなる。あとはそのまま香味野菜と茹でただけでもおいしいんですよ」

美里さんが言った。

「だけど、今日は新キャベツと新じゃががたくさんあるから、いっしょに蒸し焼きにしましょう。豆類やアスパラガスはさっと茹でてサラダにして……」

なんだかうれしそうだ。美里さんはほんとに料理が好きなんだな、と思った。

僕たちも手伝って、食事の支度をした。米の土鍋と塩豚の鍋からいい匂いが漂いはじめたころ、豊島さんが到着した。できあがった料理を宿の朝食用の部屋に運ぶ。あざやかな緑の豆のサラダ。塩豚と春野菜の蒸し焼き。蕪の実と葉のはいった味噌汁。土鍋のごはん。美里さんが塩豚の鍋と土鍋の蓋を開けると、みな声をあげた。

どれもおいしかった。それぞれの素材の味がひとつひとつくっきりしていて、食べるごとに別の刺激がはいってくる。頭がパンクしそうだ。

なぜか胸がいっぱいになる。この前月光荘で野菜を食べたときと同じ。むかしの風間家の記憶がよみがえってくる。みんなただ、おいしい、おいしい、と言いながら箸を口に運んでいた。

塩豚の鍋が空になったころ、美里さんが今回のリーフレットについて話しだし、そこから宿の今後について話題が広がっていった。

「いつかここのお客さまを対象に、陽菜さんの農園を案内するツアーを組めたら、と思っているんですけど……」

美里さんが言った。

「それはいいですね。わたしも参加したいです。陽菜さんの農園って、どこなんですか？」

べんてんちゃんが訊いた。

「川越のとなりの川島町です」

はっとした。田辺の住んでいる町だ。

「陽菜さん、高校時代は川島町からバスで川越の高校に通ってきてたんです」

「川島町って、田辺先輩が住んでるところですよね？」

安西さんに訊かれ、うなずいた。

「田辺さん？」

「はい。僕の大学時代の友人で、いまは川島町で高校の教師をしているんです。家はふじみ野なんですが、そちらに親戚の家があるので平日はずっとそちらに……」

「そうなんですか」

「この前、その田辺に誘われて川島町に行ったんです。たしかにそんなに遠くはないですよね。車がないと行きにくいですが」

「そうなんです。昼間はバス便も少ないし、陽菜さんのところもバス停から遠いので、車を使わないと行けません。だから実現までには時間がかかると思うんですが、お客さまには、泊まるだけでなく体験も提供したい、と考えているので」

「体験ですか？」

豊島さんが訊いた。

「ええ。川越は東京から近いでしょう？　だから気軽に来られるし、気に入ってくれればリピーターになる方も多いでしょう。でも、通りいっぺんの観光では飽きてしまうので、なにか特別な体験が必要なんじゃないかって」

「なるほど、たしかにそうですね。個人客やふつうのツアーではできない特別な体験があればば付加価値があります。今回の喫茶店めぐりでも、豆の家さんの和三盆体験がすごく興味深かったですし」

豊島さんが言った。

「浮草でもときどき活版体験を行ってますが、自分で体験すると見え方が変わるみたいですね」

安西さんが言った。

「月光荘でも何度かワークショップ、しましたよね」

べんてんちゃんが言った。

「切り紙とか、雛祭り（ひなまつ）の貝合わせとか……」

「ああ、お雛さま、飾ってましたよね。わたしも見に行きました。あの場所、ふだんはなにに使っているんですか？」

美里さんが訊いてくる。

「いまのところ使ってないんです。持ち主の島田さんも使い道をいろいろ考えてはいるんですが、まだ模索状態で……」

そこまで言ったとき、イベントでにぎやかだった月光荘の情景がよみがえり、悪くないな、と思った。月光荘も楽しそうだったし、僕も……。

たいへんなこともいろいろあったけど、参加者が喜んでいる姿を見るのはうれしかった。笠原先輩とそのお父さん、お母さん、神部さん。悠くんと綾乃さん。イベントのおかげでできた縁もあるし、丸山さんと和田さんだって、イベントがあったから再会できたのだ。人が集うことでしかできないことがある。

日常のつながりから解き放たれ、ひとりの時間を持つことでなにかが見える。それが旅行の良さだろう。だが、旅先で別のつながりを持つことができれば、また別のものが得られるかもしれない。

切り紙だって貝合わせだって、それまで知らないことがたくさんあった。身近で、だれでも知っていると思うようなことのなかにも知らないことがある。参加する人たちはそのあたらしさに驚き、心を動かされる。

そういうことのために働けたら。

ふいにそんな考えが頭に浮かび、はっとした。自分がそんなことを思うなんて、考えたこともなかった。

「月光荘には学びに通じるイベントが合ってるんじゃないですか」

豊島さんが言った。

「下に地図資料館もあるし、わたし、木谷先生のお話もおもしろいと思います。身近な地形と文学作品の関係とか……」

べんてんちゃんは天井を見あげ、なにか考えている。

「いいですね。川越の町の商人はみんな勉強熱心なんです。川越の町を整える際、建物や歴史に関する勉強会が開催されたときも、こぞって参加していました。祖父もそのころは生きていて、毎回楽しみにしていたんですよ」

美里さんもうなずく。

「できることはいろいろありそうですよね。浮草の活版ワークショップもあるし、月光荘では知識や教養につながるレクチャー。豆の家さんもここから近いから和三盆体験もできるし、新井で料理体験もできるんじゃないですか？」

豊島さんが指を折る。

「うちの厨房は狭いからはいれないかもですが、父に頼めば出張でお菓子作りのレクチャー、できると思いますよ。綾乃さんにお願いすれば、日本茶の講習もできそう」

べんてんちゃんが言った。悠くんのお母さんの綾乃さんは、日本茶インストラクターの資格を持っていると言っていた。

こういうの、いいなあ。

戦後、人々はみな会社に勤めるようになった。住む場所と働く場所が分離して、会社でのつながりばかりが重視され、自分の住む場所の人とはなんのかかわりもない、そういう暮らしがあたりまえになった。

でもこうやって話していると、そういう生き方ばかりじゃなくてもよいような気がする。地元のつながりには面倒なこともたくさんある。むかしは封建的だっただろうし、損得から争いごとにもなるし、排他的になることもあっただろう。

みんな土地に縛りつけられ、逃げることもかなわなかった。そこから切り離されたのはよかったけれど、土地から浮かびあがって生きていくというのもどこか不自然だ。

美里さんも陽菜さんも地元民だけど、そういうつながりとはちがうあり方を模索しているように見える。よそからはいってきた安西さんも少しずつ川越に馴染(なじ)んでいっている。

個人と個人がつながって町を作る、そういうあり方があってもよいのではないか。甘い、夢物語だ、そんなことで食べていけるわけがない、と言われるかもしれないが、まずは自分たちのやり方を試してみてもいいんじゃないか。

川越に住んで川越で働く。なにができるかわからないけれど、僕もそうやって生きてみたい。そう思った。

「まず、次のリーフレット作りのためにも、陽菜さんのところに行ってみたいですね」

安西さんの声がした。

「訊いてみましょうか」

美里さんが言う。

「ほんとですか？」

「ええ。連休中、わたしは忙しくて宿を離れられないと思うんだけど、陽菜さんは昼間数時間なら会ってもらえると思う。ただ車じゃないと……」

「そういえば、僕、連休中に田辺の家に行く約束をしてるんです」

僕は口をはさんだ。

「田辺先輩の家？」

べんてんちゃんが僕を見た。

「うん。田辺の家っていうか、お祖父さん、お祖母さんの家だけど。古い農家なんだよね。それで、田辺が車を出してくれることになってるから、いっしょに乗っていけば……。でも、僕の同級生がふたり乗るから、あとひとりしか乗れない」

「わたし、運転できますよ」

豊島さんが言った。

「免許持ってますし、家の車も出せます」

「じゃあ、みんなで田辺先輩と陽菜さんのところをまわりましょう」

べんてんちゃんが微笑む。だいぶ大人数になってきたな。でも、それも楽しそうだ。

「車二台出すならほかにも乗れるよね」

「だれか誘いますか？　やっぱり木谷先生かな」

べんてんちゃんがだれにともなく訊く。木谷先生が来たら、石野も沢口も驚くだろう。

美里さんが陽菜さんに話を通してくれることになり、そのあとは川島町行きの話で盛りあがった。


食事のあと片づけまで手伝って、おひらきになった。

ロビーまで来て、美里さんと浮草のふたりが今後の作業について相談しているあいだ、僕とべんてんちゃんはロビーや中庭をぼんやり見ていた。

棚のうえの一族の写真が目にはいってくる。はじめてここに来たときも、なぜか気になって、ずいぶん長いことながめていた、と思い出した。もう一度前に立ち、写真を見る。

真ん中に座った年配の女性の姿にはっとして息を飲んだ。

文鳥。

女性の指の上に文鳥がとまっていたのだ。しかも、片足にリボンのように黄色い毛糸が結ばれている。

夢と同じだ。

「それ、うちの一族なんです」

うしろから美里さんの声がした。

「お正月にみんなでここに集まったときの。わたしはここ」

美里さんが一番前の列の端に立った小さい女の子を指す。

「真ん中に座っているのが祖父母です。もうふたりともいないけど、宿になった新井を見せたくて」

そう言うと、しずかに微笑んだ。

「いい写真ですね」

僕にはこういう写真がない。だからだろうか。ここにこの写真が飾られていることになぜか胸打たれていた。

「この鳥は……?」

お祖母さんの手にのった文鳥を指す。

「祖母の文鳥です。祖母にとても馴れていて……」

「そうですか」

夢のなかのあの小鳥は、漱石の文鳥ではなく、この写真から来ていたのかもしれない。この前見たときにも目にはいっていて、意識はしていなかったけれど、頭の隅に残っていた、ということか。

でも、わからない。やっぱりあの指の主は新井で、僕は文鳥に招かれて家たちの世界の新井に行ったのかもしれない。

「こうやって見ると、なつかしい。昨日のことみたいです」

美里さんがつぶやいた。

宿の外に出る。なにができるかわからないけど、新井のリーフレット作りにはこれからも協力しよう。浮草にも、羅針盤にも、豆の家にも。これまでいろんなことを教えてもらったのだから。

川越で働く。その思いつきに自分で驚いていた。これが美里さんや田辺が言っていたあれなんだろうか。目の前に自然と道が開かれる、っていう……。まだ確信はないけれど、この導きにしたがってみようか。

文鳥についていったように。

でも、川越でなにをすればいいんだろう。どんな仕事があるんだろう。べんてんちゃんや美里さんに訊けばなにか教えてもらえるかもしれない。でもその前に、まずは自分になにができるのか考えなければ。

通りに出て、松村菓子店の前でみんなと別れた。べんてんちゃんは家へ。豊島さんと安西さんは駅へ。僕はひとり菓子屋横丁の方に歩きだす。

昭和の町並みと呼ばれるこの道ももう暗い。いくつか開いている店から、あたたかい光が漏れていた。

本書は、「ランティエ」二〇二〇年一～五月号に連載した第一話、第二話を大幅に加筆修正し、書き下ろしの第三話を加えた文庫オリジナル作品です。

菓子屋横丁月光荘(かしやよこちょうげっこうそう) 文鳥(ぶんちょう)の宿(やど)

著者 ほしおさなえ

2020年6月18日第一刷発行

発行者 角川春樹

発行所 株式会社角川春樹事務所
〒102-0074 東京都千代田区九段南2-1-30 イタリア文化会館

電話 03(3263)5247(編集)
03(3263)5881(営業)

印刷・製本 中央精版印刷株式会社

フォーマット・デザイン 芦澤泰偉
表紙イラストレーション 門坂 流

ISBN978-4-7584-4346-3 C0193 ©2020 Hoshio Sanae Printed in Japan
http://www.kadokawaharuki.co.jp/[営業]
fanmail@kadokawaharuki.co.jp[編集] ご意見・ご感想をお寄せください。

JASRAC 出 2004325-001